ÜBERRASCHUNG

Ich heiße Niko Siegfried Maria Angelo.

Für Dich eine kurze Pause zum Nachdenken…
Ja, ich weiß. Kann man solche Eltern haben? Ja,
Mann kann! Dabei muss ich sie doch
entschuldigen. So ist das, wenn man internationale
Eltern hat. Sozusagen! Der Vater Deutscher, die
Mutter Italienerin.

Ja, das mit Maria kann man als Deutscher nur
schwer nachvollziehen, aber in Italien ist Maria
durchaus ein üblicher Zweitname für einen
Jungen.

So sieht es aus und wer ist schon so homogen,
dass er nur einen Namen braucht. Ich jedenfalls
nicht. Niko, das bin ich, mein eigentliches Ich also,
eine Kurzform von Nikolaus, weil ich zufällig am
Nikolaustag geboren bin, 2 Wochen vor Termin,
aber immerhin: Ich bin durchgekommen, durch
den Geburtskanal und auch durch mein weiteres
Leben. Bis heute!

Nun, Siegfried war der Wunsch meines Vater
angesichts seiner Angst, dass ich vielleicht nicht
bis Weihnachten durchhalten würde. Und
Siegfried, das ist Kraft, das ist Tatendrang, das ist
Mut und Durchhaltevermögen, ein Drachentöter

und leider auch Opfer. Hagen hat ihn ja sozusagen von hinten mit dem Speer durchs Auge oder besser auf das Lindenblatt auf seiner Schulter, und hops, Siegfried war Geschichte.

Die beiden nächsten Namen, Maria und Angelo, waren die Beigaben meiner Mutter. Maria zu Ehren der Gottesmutter. Nicht schlecht, wenn sie bei einem so schwächlichen Kind vielleicht ihre schützende Götterhand drüberhält.

Angelo, das ist einfach die Bezeichnung, die alle italienischen Mütter ihren Söhnen geben oder wofür sie sie fälschlicherweise halten: Engel eben.

Niko Siegfried Maria Angelo also! Hier bin ich.

Vielleicht bilden die Namen auch nur meine etwas komplizierte Persönlichkeit ab. Vier Namen, vier Persönlichkeiten. Den Rausschmiss durch meine Eltern schulde ich Siegfried. Er steigt immer dann ein, wenn Niko nicht mehr weiter weiß und sich mein Nervenkostüm an den Rändern aufzulösen beginnt, die Nähte platzen und so weiter. Maria ist meine mütterliche Seite. Sie ist grundsätzlich hilfsbereit und fürsorglich und Angelo, na ja, er ist der Träumer, immer jenseits von Gut und Böse und auch sehr jenseitig, was seinen Realitätssinn anbetrifft. Niko hält sie meist alle in Schach, wenn er nicht gerade selbst Schachmatt gesetzt wird.

Aber meine eigentliche Geschichte fing mit Alexa an.

Bibliografische Information der Deutschen Nationalbibliothek: Die Deutsche Nationalbibliothek verzeichnet diese Publikation in der Deutschen Nationalbibliografie; detaillierte bibliografische Daten sind im Internet der dnb.dnb.de abrufbar.

Impressum:
© 2022 René Nafziger. 2. Auflage
Titel: Streit mit Alexa
144 Seiten
Herstellung und Verlag: BoD – Books on Demand, Norderstedt
Image by OLEVIIA from Pixabay

ISBN: 9783756202645

Streit mit Alexa

Ich lebe in einer Einrichtung für Betreutes Wohnen. Hört sich gut an, gerade so, als würde für einen gekocht und geputzt, den ganzen Mist, den so eine Wohnung eben mit sich bringt…

Wohnung ist vielleicht ein wenig euphemistisch, besser Zimmer mit Spüle statt einer Küche und ein Bad mit Dusche und Waschbecken. Das Waschbecken, eines dieser klitzekleinen Dinger, nicht viel größer als ein Fingernagel.

Nein, Spaß beiseite, aber Betreutes Wohnung meint eigentlich, dass sich jemand Kompetentes um uns, also unsere Entwicklung als Menschen, gemeint ist 'vollwertiger Spießbürger', kümmert, in Wirklichkeit wird man ständig gegängelt. "Mach noch die Spülmaschine leer!" "Morgen solltest du aber pünktlich zum Unterricht!" "Am Freitag bist du dran mit Kochen!" "Wie sieht dein Plan für die kommende Woche aus?" "Morgen gehen wir einkaufen?" Also: Wohnen in Zeiten der Folter.

Und Bernd kann das wirklich gut. Dabei ist er immer betont freundlich und schaut einen mit seinem Pädagogenblick an, mit dem Ich-weiß-es-besser-Blick, aber *ich fühl' mich ja doch in dich ein, ich war ja auch mal so alt.* Was weiß er schon?

Bernd sieht eigentlich gar nicht aus wie ein Sozialpädagoge, denke ich immer, abgesehen mal von der absolut anti-stylischen Kleidung. Mit seinem roten Haar, seinem Vollbart und den etwas stechend blauen Augen sieht er eher aus wie der Mensch gewordene Garfield.

Betreutes Wohnen also! Ich weiß, ich weiß: selber schuld, ich hätte meine Mutter nicht schlagen und die Einrichtung nicht zertrümmern sollen. Jetzt leben meine Alten halt alleine, haben weniger Stress, halten sich mit rührseligen Gedankenfetzen über ihren verlorenen Sohn über Wasser und wenn sie könnten, würden sie sich vermutlich täglich nach meinem Befinden erkundigen. Scheiß drauf! Alleine leben ist definitiv besser.

Mein Zimmer hier ist sogar größer als das zu Hause. Eine Spüle und eine Herdplatte zum Tee- oder Kaffeekochen, von der Miniaturküche war ja schon die Rede, ein Sofa aus Bast, einigermaßen bequem und in einer Ecke mein Bett, 100x200cm. Am Fenster ein weißer, aber lädierter Schreibtisch und ein Regal für die Schulsachen. Ein Kleiderschrank fehlt auch nicht, auch der in weiß, aber alles irgendwie abgegriffen, zwar nicht versifft, aber auch nicht schön. Kein Ort für Ästheten oder 'Schöner Wohnen'.

Ich hatte Alexa geklaut beziehungsweise ein sogenanntes 'Echo dot', beim Mediamarkt, an der Elektronik-Schleuse vorbei.

"Wo hast du das denn her", meinte Bernd, als er mich zum ersten Mal in meiner 1-Zimmer-Wohnung damit hantieren sah.

"Mediamarkt!", sagte ich, "39,99 Euro. Im

Angebot. Meine Oma…"

Bernd zieht die Augenbrauen hoch. "Deine Oma scheint ziemlich spendabel zu sein! Hast du den Bon dabei!".

Er sieht mein Stirnrunzeln und greift sich an die Stirn. "Nein, hat die Oma natürlich, alles klar."

"Gut dann!" Ich nicke und wende mich wieder Alexa zu. "Alexa! Kannst du Bernd wegschicken!"

"Ich bin mir leider nicht sicher!", tönt es aus dem Echo-dot.

Bernd lacht. "Du kommst morgen nach der Schule nochmal in mein Büro, Niko. 13.30!"

"Ja, ja!", murmele ich und blicke ihm nach. Er kann sich natürlich denken, dass das Echo-dot nicht von der Oma kommt. Keine gute Ausrede. Aber für knapp 40 Euro, etwa der Preis für das Echo dot, höre ich mir halt nochmal seine Predigt an, dauert vermutlich eine knappe Viertelstunde. Ich überschlage kurz. 40 Euro gespart für eine Viertelstunde. Entspricht einem Stundenlohn von etwa 120 Euro, die Beschaffungszeit nicht mit eingerechnet. Das ist okay. Warum geben sie uns auch nur 55 Euro Taschengeld im Monat?

Als ich nach der Schule nach Hause komme, schaue ich kurz bei Bernd vorbei. Er gibt sich 20 Minuten Mühe und ich nicke auch gefühlt 20 Mal. Dann bin ich entlassen. "Keine Frage! Ich werde es nicht wieder tun!" und so weiter.

Ich stapfe die zwei Stockwerke hoch in meine Wohnung, werfe meinen Rucksack in die Ecke und haue mich auf die Couch, die auch schon mal bessere Zeiten gesehen hat.

Soll ich wirklich das Abitur machen? Die Lehrer wissen, dass ich im Betreuten Wohnen bin, dass meine Familie scheiße ist, aber ich hätte ja Potential, "mach unbedingt das Ding fertig, Niko", "das ist DER Türöffner" oder der hier: "wenn du erstmal an der Uni bist, vergisst du die ganze Problematik mit deiner Familie, dann kannst du das vielleicht hinter dir lassen."

So ein abgefucktes Leben lässt du nie hinter dir, du schiebst es immer vor dir her, wie ein Räumfahrzeug im Winter. Der Schnee wird immer mehr. Es kommt immer noch etwas oben drauf.

Aber das Blöde. Die Lehrer sehen einen immer als das Opfer. Aber so will ich mich gar nicht sehen. Opfer, das ist zu einfach. Ich bin jetzt 18, da möchte ich gar nicht mehr alles auf meine Eltern schieben, da käm ich mir zu blöd vor. Irgendwie war der Ausrutscher von Siegfried von langer Hand geplant. Jetzt wohne ich auf der anderen Seite des Mains. Zwischen mir und meinen Eltern ist viel Wasser. Das ist gut und wenn es nach mir ginge, würde ich die Brücken gleich einreißen. Dann müssten sie für einen Besuch mal einfach so über den Main schwimmen und im Winter, so um Weihnachten herum, müsste ich nicht dem

Christuskind zuliebe auf heile Familie machen.

Schon gut, schon gut! Ja, ich werde mein Abitur machen, aber nicht, weil es mir so viele Türen öffnet. Nein, ich habe einfach keine Lust auf eine Lehre, bei Rewe Regale einräumen und ab und zu im Büro ein paar Zahlen zusammenrechnen, Fehlanzeige. Bei der Sparkasse am Schalter stehen und Geld zählen - ich weiß, ich stelle mir das viel zu klischeehaft vor - nein, ich kriege die 2 Jahre Oberstufe noch hin und danach…

Von nebenan kommt Musik, Ed Sheeran, Perfect. Manu, eigentlich Manuela, ist also auch zurück. Sie ist erst 15, aber schon ein paar Monate hier, Mutter Alkoholikerin, Vater nicht auffindbar. Manu hat mehr Piercings im Gesicht als der Dackel meiner Eltern Haare auf dem Kopf hat, aber sie ist echt heiß.

Mir fällt etwas ein. Ich nehme mein Handy und knöpfe mir meine Hose auf. Ich schicke ihr ein Dickpic. "20 Zentimeter Glück", schreibe ich darunter. Ich hab's nicht gemessen. Ich muss grinsen bei dem Gedanken. Am liebsten würde ich ihr Gesicht sehen.

Keine halbe Minute später geht nebenan die Musik aus. Es klingelt.

Jetzt muss ich erst recht lachen.

Ich gehe zur Wohnungstür und reiße sie auf. Mir fällt die Kinnlade herunter. Ich schüttele den Kopf.

"Das war ein Witz", sage ich gedehnt.

"Jetzt keinen Rückzieher machen", sagt Manu und grinst wie ein Honigkuchenpferd. Sie steht splitternackt vor mir. In einer Hand hält sie ihr Handy. Mir fehlen die Worte. Betreutes Wohnen heißt wohl auch wohnen mit Verrückten und Manu ist definitiv durch den Wind, läuft in irgendeinem Hamsterrad geistig auf der Stelle, aber wenigstens nackt. Ich schüttele nochmal den Kopf.

Manu hat einen echt heißen Körper. An ihr ist wirklich alles rund. Wie kann man so aussehen?

Vielleicht bittest du sie hinein, lässt sich die innere Stimme von Maria vernehmen. *Es wird ihr doch kalt!*

Sie sollte uns hineinbitten, meint Siegfried und hat dabei ganz andere Gedanken.

Fresse jetzt, ich muss mich konzentrieren, sage ich zu mir.

Ich überlege. Okay, Manuela ist zwar verrückt, aber heiß, Check! Ich, der ich noch Jungfrau bin, bekomme das erste Date sozusagen auf dem Silbertablett serviert, verzehrfertig, ohne Verpackungsmüll, Check! Mein kleinerer Siegfried macht sich sowieso schon auf den Weg, Check! Ich blicke kurz ins Treppenhaus. Bernd muss es ja nicht unbedingt wissen. Verführung Minderjähriger und so. Bernd ist nicht in Sicht, Check!

Machen wir's halt.

Ich ziehe Manu am Handgelenk in die Wohnung.

"Um Bernd brauchst du dir keine Sorgen zu machen", sagt sie. "Der ist gerade einkaufen. Vor einer halben Stunde ist der nicht zurück. Reicht dir das?" Sie legt ihre Arme um meinen Hals und blickt mich an, den Schalk in den Augen.

Okay. Das Problem namens Bernd ist also definitiv gelöst.

Ich grinse. Der Siegfried in mir lacht. *Eine Minute würde mir reichen, 10 Sekunden fürs Ausziehen, aber das hat sie ja schon hinter sich... Und Maria und Angelo! Ihr haltet die Klappe.*

Meine Hormone sprechen ihre eigenen Sprache. Ich ziehe Manu ins Zimmer.

"Bevor dir kalt wird!" Ich werde mein Grinsen nicht mehr los. "Wozu das Handy?"

"Ich dachte, wir können bessere Fotos machen!"

"Willst du einen Cast für den nächsten Porno machen, oder was?"

"Manu gibt mir einen Kuss an den Hals. "Was hast du gegen ein Filmchen? Ist echt witzig, wenn man es sich wieder anschaut!"

Dem Gedanken kann nicht ganz folgen. Soll ich später anschauen, wie ich Sex mit meiner Nachbarin vom Betreuten Wohnen hatte? Hat Manu ihre ganz eigene Pornosammlung?

"Du bist echt verrückt!", sage ich, "vertickst du die?"

"Du spinnst!, Niko." Sie haut mir ihr Handy leicht gegen die Schläfe. "Ich verdiene jetzt mein eigenes Geld. Außerdem bin ich clean." Sie drückt sich von mir weg. "Nur für uns!"

Für uns! Das begreife ich nicht ganz. Gut, wir kennen uns schon ein paar Wochen und immerhin verbringen wir die Zeit Wand an Wand, aber von der großen Liebe war bisher noch nicht die Rede.

Aber so verrückt Manu auch sein mag, so unkompliziert ist sie vermutlich auch. Schön, wer mit Sexualität so entspannt umgehen kann. Ich drücke sie aufs Sofa.

"Alexa!", sage ich, "spiele Perfect von Ed Sheeran."

"Hier ist Perfect auf Amazon Music!", tönt es aus dem Echo-dot.

Manu lacht!

Ich ziehe mein Hemd aus. Manu legt ihr Handy zur Seite und zieht mich zu sich runter. Mein Hemd fliegt auf den Boden, während ich auf sie draufsinke. Genau in dem Moment dreht sie sich zur Seite und wälzt sich von der Couch.

Ich bleibe verdutzt auf allen Vieren. Was hat sie jetzt vor?

Manu knöpft mir die Hose auf, entwindet mir die Miniaturform meines Siegfrieds und setzt sich auf mich. Oh Gott!

Manu greift hinter sich, nimmt ihr Handy und beginnt zu filmen, während sie sich rhythmisch auf- und abbewegt. Dabei hält sie die rechte Hand weit über sich, damit wir beide auf dem Bild sind.

Nun ja, denke ich, wenn sie so schnell zur Sache kommt, wird sie wohl die Pille nehmen. Was soll ich mir also einen Kopf machen.

Manu scheint zumindest keinen weiteren Gedanken an Verhütung zu verschwenden. Ich grinse sie an. Obwohl ich immer erregter werde, muss ich loslachen. Manu stimmt in das Lachen ein, bis es heftiger wird.

Bei der Achterbahnfahrt kann sie den Film getrost vergessen, denke ich. Ich halte sie an den Hüften fest. Wir sind eh kurz vor dem Höhepunkt. Plötzlich wirft Manu ihren Kopf nach hinten und stöhnt auf. Ihr entgleitet das Handy. Es fällt hinter die Couch auf den alten Sperrmüllteppich.

Ich ziehe Manu zu mir herunter und drücke meine Lippen auf ihre. Meine Zunge hält mit ihrer Händchen. Sie schmeckt metallisch. Was hat sie sich bloß alles in die Zunge genagelt?

Angelo ist empört. *Kein Vorspiel, kein Nachspiel. Spielverderber!*

Klappe, meint Siegfried.

Manu legt ihren Kopf an meine Schulter. Eine Weile bleiben wir so beieinander liegen, tiefenentspannt, mit der Welt im Reinen. Sie grinst in sich hinein.

"Das wollte ich eigentlich seit ich dich gesehen habe!", flüstert sie.

"Und warum tun wir's dann erst jetzt?", frage ich.

"Ich wusste nicht, dass du 20 Zentimeter Glück verkaufst!", grinst sie.

"Verkaufen?" Mein Blick wird eisern. "Du setzt das nicht ins Netz! Sonst haben wir ein Problem!"

Manu steht vorsichtig auf und greift hinter das Sofa. Sie strahlt!

Sie lädt das Video, krümelt sich neben mich und hält das Handy hoch.

Als ich das Video sehe, kann ich nur mit dem Kopf schütteln. "Das sieht so abgefuckt aus!", sage ich.

"Findest du?", Manu stützt sich auf einen Ellbogen und blickt mich streng an. "Das ist aber die Wahrheit. Bilder lügen nicht!"

"Bilder lügen nicht?" Ich lache. "Schon mal was von Werbung gehört!"

"Ja, aber DIE Bilder", sie tippt aufs Handy, "DIE lügen nicht!"

"Von mir aus!", murmele ich. "Ich sehe jedenfalls scheiße darauf aus, fast als hättest du mich vergewaltigt."

"Hab ich ja auch!"

Ich lache laut auf, setze mich auf und schaue von oben auf Manu herab. "Dann sollten wir vielleicht mal den Spieß umdrehen!", sage ich.

"Die einzige, die sich umdrehen kann, bin ich!", grinst Manu und streckt mir ihren Hintern entgegen.

Will sie jetzt Anal-Sex? Ich glaub' es nicht!

"Du hast definitiv zu viel Pornos gesehen!", sage ich und haue ihr auf eine Po Backe.

"Ah!", schreit sie. "Von wegen!"

Ich drücke Manu gegen die Ritze des Sofas und drängle mich neben sie. Dann drehe ich meinen Zeigefinger um eine ihrer schwarzen Locken, während die letzten Takte von 'Perfect' an unsere Ohren dringen. Mein innerer Angelo ist etwas zufriedener. Romantik ist sein Ding. Ja, irgendwie bin ich ihn noch nicht losgeworden. Aber warum auch? Siegfried hat seinen Part gehabt.

"Wie war dein Tag?", frage ich.

Manu strubbelt mir durch die Haare. "Die könnten auch mal geschnitten werden!"

"Wie dein Tag war?"

"Na so halt! Haare kämmen, Haare waschen, Haare färben, Boden kehren, Waschbecken sauber machen."

Ich beobachte ihre Augen. Sie scheinen allen Glanz verloren zu haben. "Und selber schneiden gar nichts?"

Sie wackelt kaum merklich mit dem Kopf. "Noch nicht! Im zweiten Lehrjahr!" Sie dreht ihren Kopf zum Fenster. "Alexa, spiele Despacito!"

"Hier ist 'Despacito' auf Amazon-Music", tönt es aus dem Echo-dot.

Manu hat definitiv keine Lust, über ihre Arbeit

zu sprechen, so schnell wie sie das Thema wechselt. Aber ich kann's auch verstehen. 8 Stunden senkrecht stehen ist schon eine Kunst für sich.

"Du darfst bei mir üben!", sage ich und lächle verschmitzt.

Plötzlich greift mir Manu zwischen die Beine. "Eh!", sage ich.

"Mit dir möchte ich andere Sachen üben!", sagt sie und setzt sich auf.

Ich reiße mich zusammen. *Die ist erst 15,* erinnert mich Maria, *noch ein Kind. Seid ihr denn völlig durchgedreht?*

Ich schüttele unmerklich den Kopf. Manu versteht.

Ich muss nicht den großen Macker spielen, der 5-mal hintereinander Sex hat. Das ist nicht mein Ding. Außerdem weiß ich jetzt, wie es ist. Das ist Befriedigung genug, wobei das ES nicht mal fünf Minuten gedauert hat, eigentlich etwas kurz für das erste ES.

"Ich mach uns einen Kaffee!", sage ich und rapple mich von der Couch auf.

Manu macht einen Schmollmund und hält mich an der Hand fest.

"Cappuccino?", schlage ich vor.

"O-k-a-y!", sagt sie gedehnt und lässt meine Hand los, indem sie mit einem Finger unter meinem Handballen entlangstreicht. DAS könnte ich jetzt schon eher gebrauchen.

Dass ich einen Kaffeeautomaten besitze, habe ich meinen Eltern zu verdanken. Es war sozusagen ihr Versöhnungsangebot. Es ist so ein Ding, das mit Pads funktioniert, die einfachste Variante für jemanden wie mich, der ansonsten nicht viel mit Kaffee am Hut hat.

Wir sitzen gemütlich auf der Couch beisammen, unterhalten uns und haben unseren Kaffee kaum zur Hälfte getrunken, als es an die Tür klopft.

"Das ist Bernd!", flüstere ich, ziehe Manu hoch und will sie zum Kleiderschrank bugsieren.

Es klopft ein weiteres Mal, ein unüberhörbares, lautes Klopfen, vermutlich mit der Faust. Ich verziehe das Gesicht.

"Ich weiß, dass sie da drin ist!", schreit Alex von draußen.

Alex gehört hier schon fast zur Einrichtung. Er ist von uns vermutlich der, der am längsten hier ist. Alex schreibt sich mit großem 'A' wie Arschloch und leider ist er einen halben Kopf größer als ich, muskelbepackt und testosterongesteuert. An Persönlichkeiten hat er sicherlich nur eine einzige und die ist gelinde gesagt defizitär.

"Was will der jetzt?", flüstere ich zu Manu, wobei mir sofort nur eines in den Sinn kommt. Manu hat auch mit diesem Kleinkriminellen Sex gehabt und jetzt meldet er seine Ansprüche an.

Eine Ausbildung zum Zuhälter braucht Alex sicherlich nicht, dafür sorgt schon sein großes 'A'.

"Dieser Idiot!", schreit Manu und bevor ich sie zurückhalten kann, stapft sie mit der halbvollen Kaffeetasse zur Tür und reißt sie auf.

Immer noch splitternackt steht sie vor ihm. Ich sehe das verdutzte Gesicht von Alex.

"Ich ficke, wen ich will!", schreit Manu.

Alex verzieht sein Gesicht zur Grimasse. Und dann sehe ich, fast wie in Zeitlupe, die halbe Kaffeetasse wie einen verheißungsvollen, aber farblosen Regenbogen von Manus rechter Hand in Alex' Gesicht fließen.

"Fuck!", schreit Alex und stolpert einen Schritt zurück.

"Mach einen auf Macker, wo du willst, aber nicht bei mir!", flucht Manu und will die Tür wieder zudrücken, aber Alex hat sich wieder gefasst. Jetzt ist er im Kampfmodus. Blitzschnell hält er einen Fuß zwischen die Tür, reißt sie wieder auf und befördert Manu mit einem Stoß ins Rauminnere. Sie stolpert rückwärts, verliert den Halt und donnert schließlich gegen die Couch.

Mir stellen sich alle Nackenhaare auf. Das hier wird jetzt kein Spaß mehr. Ich wechsele in den Siegfried-Modus.

Alex stürmt auf mich los, wortlos!

Gut, sein Wortschatz reduziert sich auch auf wenige Worte, wie "du Nutte", "du Opfer" und so weiter, aber vermutlich hat ihn Manus Aktion noch ein wenig sprachloser gemacht. Hier wird Siegfried nicht ausreichen.

Ich tauche unter ihm durch und entgehe so seinem ersten Faustschlag. Mit meiner Linken haue ich ihm in die Rippen. Alex verzieht keine Miene. Er hält meinen Arm fest. Wir rangeln miteinander, bis er mich in den Schwitzkasten nimmt und mir mit seiner freien Hand wiederholt in mein Gesicht schlägt.

Manu hat sich mittlerweile wieder gefangen und springt Alex von hinten an den Hals. Alex lacht höhnisch.

In diesem Moment höre ich schnelle Schritte auf der Treppe. "Aufhören!", schreit Bernd und sein Bass bringt die Szene sofort zum Stillstand.

Alex lässt mich los, gibt mir aber noch eine mit, sodass ich fast das Gleichgewicht verliere.

"Euch krieg ich noch!", knurrt er und verlässt unter dem ziemlich angepissten Blick von Bernd mein Zimmer.

Bernd blickt ihm kurz nach, dann fixiert er uns. Manu ist nackt, ich habe nur meine Jeans an. Bernd kann zwei und zwei zusammenzählen. Dann streicht sein Blick kurz durch das Zimmer.

"Geh dir was anziehen!", sagt er zu Manu, als er außer meinem Hemd nirgendwo Klamotten sieht, aber neben seiner unterdrückten Wut sehe ich kurz etwas anderes in Bernds Blick aufflackern. Auch er kann nicht ganz verbergen, dass Manu einen gewissen Reiz auf ihn ausübt. "Wir hatten das besprochen!" wirft er ihr beim Rausgehen hinterher.

Ich grinse. Manu verlässt die Wohnung.

"Was gibt's da zu grinsen!", fährt mich Bernd an.

Ich zucke mit den Schultern. Er hat uns nicht beim Sex erwischt, also kann er mir nichts anhängen.

"Verführung Minderjähriger!", sagt er nur und dreht sich zur Tür, "vielleicht solltest du dich bei Alex bedanken!"

Will er mich verarschen oder hat er die Szene so falsch eingeschätzt?

"Ich bin nicht mehr minderjährig!", sage ich scherzhaft, auch wenn ich erst vor Kurzem 18 geworden bin.

Bernd dreht sich wieder zu mir. Er fixiert mich kurz, sieht mein Grinsen und geht genervt. "Wisch dir das Blut ab!", sagt er und lässt die Tür offen.

Ich atme kurz auf! Dieses Arschloch, denke ich, und meine damit nicht Bernd. Mit den Fingerspitzen ertaste ich meine Nase. Ich blute tatsächlich ein wenig, nicht der Rede wert. Mir fällt der Kaffee auf, der noch auf dem Boden verteilt ist.

Ich schlurfe zur Küchenzeile im hinteren Teil des Raumes. Das ist der Auftritt von Maria, meiner inneren Seelenklempnerin. Ich muss an Manu denken und an die Möglichkeit, dass dieses

Arschloch bei der nächsten Gelegenheit über sie herfällt. Ich wische die Kaffeereste vom Boden und gehe ins Badezimmer. Dieser Idiot hat mir den Tag versaut!

Jetzt muss ich erstmal eine Runde zocken, Dampf ablassen. Meine PS4 und den Bildschirm habe ich nach langen Verhandlungen mit Bernd mit in die Wohnung nehmen dürfen, da war ich noch 17. Meine Eltern hatten leidenschaftlich gegen die PS4 Stellung bezogen. Gott sei Dank, vergebens.

Leider kann Bernd mir über den Router die Zeit beschränken, wenn er will, was ziemlich nervig ist. Aber immerhin ist das WLAN hier schnell genug. "Alexa, schalte meine PS4 an!"

"Das kann ich im Moment leider nicht tun!", tönt es aus dem Echo-dot.

Hä?, schießt es mir durch den Kopf. "Alexa!, hast du WLAN?"

"Für welches Gerät?"

"Alexa!, für meine PS4"

"Deine PS4 ist mit dem Internet verbunden!"

Was soll der Mist? Irgendwas hat sie falsch verstanden. Also wiederhole ich es nochmal. Diesmal spreche ich so akzentuiert wie möglich.

"Alexa! Schalte bitte meine PS4 an!"

"Das kann ich im Moment leider nicht tun!"

Ich schüttele nur den Kopf. "Alexa! Was soll das?"

"Du wurdest in das Erziehungsprogramm aufgenommen. Herzlichen Glückwunsch, Niko."

Mir fällt der Kinnladen herunter. Was labert die? Erziehungsprogramm? Spinnt die? Was für ein Erziehungsprogramm? Eigentlich will ich zocken, aber jetzt bin ich neugierig geworden. Seit wann hat Amazon ein Erziehungsprogramm? Ist das ein Witz von Bernd? Ich wusste nicht, dass er sich so gut mit IT auskennt. Hat er sich in Alexa gehackt?

"Alexa, wurdest du gehackt?"

"Deine Daten sind sicher. Ich wurde mit zahlreichen Sicherheitsvorkehrungen entwickelt und die Kommunikation mit mir ist immer geschützt. Für mehr Informationen zum Datenschutz gehe in die Hilfe-Sektion deiner Alexa-App", gibt Alexa in ihrem immer gleichen Tonfall zurück.

Super! Das hilft mir ja wahnsinnig weiter!

Also, ein letztes Mal. "Alexa! Bitte schalte meine PS4 an!"

"Das kann ich im Moment leider nicht tun!"

"Alexa!, du kannst mich mal!", sage ich und gehe zu meiner PS4.

"Das ist aber nicht nett von dir!", tönt es von Alexa.

Ich drücke den Stromschalter meiner PS4, aber nichts passiert. Das kann nicht sein, denke ich, schnappe mir den Echo-dot und ziehe das Stromkabel. Wenn Alexa je mit meiner PS4 verbunden gewesen war, dann jetzt jedenfalls nicht mehr.

"Wenn du das Stromkabel ziehst, hast du noch 48 Stunden. Dann ist dein Bild und das Video online?", tönt Alexa ungerührt.

Kurz überlege ich, was sie damit meint. Dann werde ich blass. Es kann sich nur um das 20-Zentimeter-Glück-Bild handeln und… Mich durchzuckt eine Vorahnung. Von wegen ‚Erziehungsprogramm'!

Hat sie das Video von Manus Handy auch schon? Irgendjemand muss sie gehackt haben! Mich juckt es in den Fingern. Ob ich Alexa nicht einfach in einen Schrotthaufen verwandeln soll. Eine kurze Handbewegung und sie wäre am Boden. Schließlich habe ich sie ja sozusagen umsonst bekommen!

Ich hole mit der Hand aus und denke an Bernd. Bei zu viel Krach kommt er sicherlich gleich wieder die Treppe rauf. Egal!

"Wenn du mich zerstörst, geht das Bild und das Video auch online", tönt Alexa.

Ich halte in der Bewegung inne. Was für eine Ausstattung hat dieses verdammte Echo-dot?, frage ich mich. Kann es schnelle Bewegungen analysieren, ähnlich wie ein Handy den Bildschirm automatisch dreht? Hat es das Ausholen mit der Hand tatsächlich richtig gedeutet?

"Fuck!", mir gehen 1000 Gedanken gleichzeitig

durch meinen Kopf. Ich stehe da, immer noch das Echo-dot in der Hand und durchforste mein Gehirn nach Lösungen. Ich könnte Alexa nach draußen tragen, wo sie sich nicht mehr mit dem Internet verbinden kann.

Okay, das ist es! Ich lege das Echo-dot wieder ans Fenster und greife mir mein Sweat-Shirt vom Boden. Dann muss ich halt kurz nach draußen.

Als ich mit dem Echo-dot an der Tür bin, schaltet sich Alexa ein: "Sobald ich dein WLAN-Netz verlasse, sind die Bilder online! Diese Version deines Echo-dot hat einen Akku zur Überbrückung von Stromausfällen von bis zu 48 Stunden. Für mehr Informationen zur Akku-Laufzeit gehe in die Hilfe-Sektion deiner Alexa-App"

Ich erstarre mitten in der Bewegung. Ich hole erst einmal tief Luft. Das kann eigentlich nur eines bedeuten: Alexa hat das Bild und das Video längst auf einen Server hochgeladen und muss sie nur noch freischalten. Das geht schneller als ein Augenaufschlag.

Ich bin erpressbar, schießt es mir in den Kopf. Natürlich könnte ich es darauf ankommen lassen und eventuell den Betreiber des Servers oder der Website verklagen, die Polizei einschalten und so weiter, aber die Bilder werden allemal online sein. Will ich das?

Die Antwort ist vorerst ein eindeutiges NEIN. Ich muss mir etwas Besseres überlegen.

Ich bringe das Echo-dot wieder ans Fenster. Plötzlich kommt es mir vor wie ein unerwünschter Eindringling, wie ein Wesen, das sich in meinem Zimmer eingerichtet hat, ein Schmarotzer, den ich nicht loswerde. Ein Erziehungsprogramm, was soll das? Wie kommt diese verdammte Scheiße in dieses Echo-dot?

Ich lasse meine Wut an der Couch aus, bis mir der Fuß wehtut. Die Couch sieht dadurch auch nicht besser aus. Der Stoff hat an ein paar Stellen Risse bekommen.

Schließlich packe ich mein Handy und meine Schlüssel und stapfe genervt nach draußen.

Was will sie eigentlich mit ihrem Erziehungsprogramm?, frage ich mich. Will sie mir das Zocken verbieten? Stecken meine Eltern hinter dieser Aktion? Fragen, Fragen, Fragen, aber ich werde daraus kein bisschen schlau.

Klar ist jedenfalls: Wenn Alexa auf mein Handy und das von Manu zugreifen kann, dann sind wir beide praktisch totalüberwacht. Vermutlich weiß Alexa auch, wo ich mich gerade befinde. Ich schalte sofort die GPS-Funktion meines Handys aus, während ich durch unser Wohnviertel laufe, alles Reihenhäuser aus den 60er Jahren, dreckig weiß und so anmutig wie ein Putzeimer.

Der erste Gedanke, der mir kommt, ist folgender: Ich kaufe mir bei Aldi eine neue SIM-Karte. Aber dann fällt mir ein, dass Alexa vermutlich schnell spitz kriegt, dass sie nicht mehr auf mein Handy zugreifen kann. Und das war's dann!

Ich muss mir also ein neues Handy zulegen, das ich dann nur noch außerhalb meiner Wohnung benutze. Und ich muss herausfinden, wer Alexa gehackt hat, was es mit diesem Erziehungsprogramm auf sich hat und wie ich diese Totalüberwachung wieder loswerde, bevor meine 20 Zentimeter Glück und der Sex mit Manu im Internet ihre Runden drehen.

Zur Polizei gehen? Erstmal nicht, schließlich habe ich mich tatsächlich strafbar gemacht, oder nicht? Ich gehe kurz auf Google:

Sexueller Missbrauch von Jugendlichen § 182 StGB. Sex mit Jugendlichen unter 18 Jahren ist für Jugendliche und Erwachsene verboten, wenn dabei eine Zwangslage ausgenutzt wird.

Nun ja, eher stand ich unter Zwang! Aber weiter:

Grundsätzlich ist einvernehmlicher (d.h. freiwilliger) Sex unter Minderjährigen ab 14 Jahren straffrei. Für Volljährige ist Sex mit Jugendlichen unter 18 Jahren nicht erlaubt, wenn Entgelt geleistet wird (Geldstrafe bzw. Freiheitsstrafe bis zu 5 Jahren). Ebenfalls strafbar ist Sex mit Jugendlichen unter 16 Jahren, wenn Personen über 21 Jahre dabei die fehlende Fähigkeit des Opfers zur sexuellen Selbstbestimmung ausnutzen (Geldstrafe bzw. Freiheitsstrafe bis zu 3 Jahren).

Okay, Glück gehabt, denke ich, bin ja noch keine 21 und schließlich kann man Manu nicht die Fähigkeit zur sexuellen Selbstbestimmung absprechen, oder vielleicht doch. So durchgeknallt, wie sie ist, würde sie vermutlich als unfähig eingestuft, ihre Sexualität selbst zu bestimmen. Ich bin mir nicht mehr sicher. Aber die Polizei? Noch zu früh!

DISCO

Ich stehe auf der Tanzfläche, wiege mich mit der Musik und lass mich von den roten, die Musik in ekstatische Zuckungen übersetzende Laserstrahlen betäuben. Ich bin im Fair-Lady, im Moment die angesagteste Disco, zumindest bei uns an der Schule.

Der Nachmittag, durch den Wind: Abhängen mit Kevin, bester Freund, dann gemeinsames Training: Handball. Da stand ich definitiv neben mir und jetzt, endlich, läuten Kevin und ich das Wochenende ein. Kevin wollte unbedingt eine "Jungfer klarmachen", wie er sich ausgedrückt hat, auf der Tanzfläche ist er nicht mehr zu sehen. Egal.

Ich arbeite mich nach vorne zur Bar, immer links oder rechts an den Leuten vorbei, manche schauen mich mit bösen Blicken an. Als ich den Bartresen vor mir habe, muss ich grinsen. Genau an dem halben Meter freien Platz, wo ich mich hinbugsiert habe, liegt ein Handy, ein riesen Lappen! Neuestes I-Phone oder so.

Links davon ein Mädchen, das mir den Rücken zudreht und mit irgendeinem Typen spricht. Ihr blond-gelocktes Haar steichelt um ihren Nacken herum, wenn sie lachend und kopfschüttelnd die Bemerkungen ihres Gegenübers kommentiert, die ich allerdings nicht verstehe.

Das Handy! Sofort bin ich hellwach. Ich bestelle an der Bar einen Tequila und nehme ihn vom Barkeeper so entgegen, dass mein Unterarm das Handy verdeckt. Während ich den Tequila über den Tresen ziehe, schiebe ich mit dem Handballen das Handy herunter, wo es meine linke Hand auffängt. Es wandert in meine Hosentasche. Hemd drüber! Fertig!

Jetzt unauffällig Abstand gewinnen. Ich groove wieder auf die Tanzfläche, rückwärts, dann seitwärts, immer den blonden Lockenkopf im Blick. Mittlerweile habe ich mehrere Reihen anderer Tänzer vor mir. Schließlich sehe ich, wie der Junge das blonde Mädchen auf die Tanzfläche zieht. Ich bin erstaunt. Der blonde Lockenkopf, der mir immer noch den Rücken zudreht, hat keinen Gedanken an sein Handy verschwendet. Da muss sie schon ziemlich bekifft sein, denke ich. Neugierig tanze ich mich in einem Bogen in die Nähe der beiden Turteltauben, aber immer noch gut drei Armlängen entfernt. Völlig unvermittelt

dreht sich der blonde Lockenkopf herum, wirft
ihre Haare nach hinten und ihr Blick bleibt an mir
hängen. Ich weiß nicht, wie es ihr geht, aber mich
haut es von den Socken. Das Mädchen hat blaue
Augen, die mich fasziniert durchbohren. Sie hat
eine Stupsnase, dunkle Wimpern und ein
strahlendes Lächeln. Sie sieht definitiv aus wie die
Personifizierung meiner Träume.

Das Mädchen scheint genauso irritiert. Die Luft
ist plötzlich wie elektrisiert. Was geht hier ab?

Und ich habe ihr Handy, schießt es mir in den
Kopf. Ich muss grinsen, eine Mischung aus 'du-
wirst-schon-noch-sehen' und 'Gott-bist-du-
hübsch'.

Sie wirft ihren Kopf auf die Seite, schießt meinen
Angelo noch mit einem schelmischen Grinsen ab
und dreht sich wieder zu ihrem Gegenüber
zurück. Schließlich soll der nichts merken, denke
ich. Aber was da gerade zwischen uns war, lässt
mich mit offenem Mund zurück. Ich blicke sie
weiter an, ihren Rücken, ihre enge Jeans, ihren
perfekten Körper und ihre schlanken Finger, die
sie immer wieder in ihren Haaren verschwinden
lässt, während sie sich rhythmisch mit der Musik
wiegt.

Siegfried hat den ersten Gang eingelegt, aber ich
halte ihn zurück. Dazwischenfunken, während sie
gerade ihr Date antanzt? Kein guter Stil.

Etwas perplex tanze ich weiter vor mich hin,

rücke instinktiv in ihre Nähe, als hätte ich einen inneren Kompass, der mich zu ihr führt.

Schließlich stehe ich so nah hinter ihr, dass ich ihr Parfum riechen kann: Rose und irgendwie ein bisschen Schokolade. Gibt's das überhaupt? Jedenfalls würde ich diesen Geruch unter tausend anderen wiedererkennen.

Während sich meine Sinne ganz in diesen Duft vergraben, schießt sie genauso unvermittelt wieder herum. Aber diesmal stehe ich genau vor ihr, Auge in Auge. Es dauert eine Schrecksekunde, bis ich mich gefangen habe.

Los jetzt, das ist nicht Brunhild, knurrt Siegfried.

Mag sein, denke ich, aber das einzige, was sich in mein Gesicht arbeitet, ist ein zaghaftes Lächeln und Erstaunen, nichts als Erstaunen. Zu meiner Überraschung tanzt sie mich kurz an, schwingt ihre Hüften und streckt ihre Hände zum Disco-Himmel. Dann ist sie genauso schnell wieder auf der anderen Seite und ich sehe nur noch ihre makellosen Formen, Rückenansicht.

Und schließlich ist sie irgendwann weg, tanzt sich nach vorne zum Ausgang. Ein Junge, dunkle Haare, groß, sonst erkenne ich nicht viel, zieht sie mit sich, weg aus meinem Sichtfeld. Ich taste nach dem Handy. Sicherlich wird da bald jemand anrufen. Ich bin unentschlossen. Soll ich die Sim-Karte entfernen und wegschmeißen oder das Handy nutzen, um diese Schönheit kennenzulernen.

Ich weiß es nicht! Ich stecke das I-Phone wieder in meine Tasche und schaue nach Kevin. Ich finde ihn in einer Ecke zusammen mit einem Mädchen, aber bevor ich Kevin erreiche, steht das Mädchen schon auf und geht davon.

"Und?", frage ich ihn und ziehe die Augenbrauen nach oben.

Kevin kippt sein Glas in einem Zug herunter. Der Farbe nach zu urteilen irgendetwas Hochprozentiges!

"Lass uns gehen!", sagt Kevin. "Heut' ist nicht mein Tag!"

Ich blicke Kevin kurz an, seinen glasigen Blick. Vermutlich hat er eine Abfuhr bekommen. Besser, nicht weiter fragen, das macht ihn nur noch gereizter.

Ich nicke! "Gehen wir!"

Wir schlurfen beide nach draußen. Die frische Luft tut gut. Instinktiv macht mein Blick die Runde. Angelo ist noch auf der Suche nach der Blonden, ein unausgesprochenes Versprechen auf ein romantisches Date.

Kevin und ich schlendern die Straße entlang. Plötzlich klingelt mein Handy beziehungsweise das I-Phone, das meiner Kurzzeitbegegnung gehört.

"Fuck!", entfährt es mir. Ich ziehe das Handy aus meiner Hosentasche.

Kevin schaut perplex. "Was denn?", lallt er leicht benommen vom Alkohol.

"Gehört nicht mir!", sage ich. "Lag auf dem Tresen an der Bar!"

"Sieht ziemlich neu aus!", nickt Kevin anerkennend. "Und? Willst du drangehen?"

Ich starre auf das Display. Mein Gedankenkarussell dreht sich abenteuerlich schnell. Ich brauche ein zweites Handy, nun ja, vielleicht kann ich anderswo eins herbekommen. Dann könnte ich das hier zurückgeben. Bevor ich reagieren kann, hat Kevin mir das Handy aus der Hand gerissen und drückt das Gespräch weg.

"He, was soll das?", fahre ich ihn an.

"Warte mal, Niko", sagt Kevin und versucht sich am Entsperrungsmuster. Plötzlich erscheint das normale Display. Kevin grinst.

"Wie hast du das gemacht?", frage ich völlig baff.

Ich weiß, dass Kevin sich für Computer und Programmieren interessiert und sich darin ziemlich gut auskennt, aber den Wischcode eines Handys so schnell knacken? Wie geht das denn?

"Ist immer dasselbe!", erklärt Kevin. "Die meisten beginnen mit ihrem Wischcode oben links, fahren dann diagonal übers Display und der Rest war halt Glück! Hier!"

Er reicht mir das I-Phone. Wir stecken die Köpfe zusammen und durchsuchen die Bildergalerie.

Hier sind unzählige Bilder, Bilder aus der Schule, Strandfotos im Bikini. Dann ein Oben-ohne-Foto. Kevin pfeift durch die Zähne.

Ich schüttele nur den Kopf. Wie kann man ein Oben-ohne-Foto auf dem eigenen Handy lassen?

"Das Handy würde ich definitiv der Besitzerin zurückbringen", grinst Kevin vielsagend. "Für was brauchst du überhaupt ein zweites Handy? Dein Galaxy ist doch ganz okay."

Ich schaue verwirrt. Was soll ich sagen.

"I-Phone 13 ist auch nicht schlecht", sage ich dann, bin aber selbst nicht überzeugt.

Kevin brummt. "Schau mal auf Whatsapp. Vielleicht kriegst du ja raus, ob sie schon einen Freund hat. Wenn nicht, würde ich definitiv das Handy zurückbringen."

Kevin grinst weiter, aber ich fühle mich, als hätte ich unerlaubt jemandem beim Ausziehen zugeschaut. Ich komme mir dabei ziemlich uncool vor. Selbst wenn ich sie kennenlernen würde, ist das ein Geheimnis, dass mich unehrenhaft erscheinen lässt. Ich weiß, komischer Begriff, seit wann hab' ich es mit der Ehre, aber irgendwie habe ich ihr schon die Würde genommen, bevor wir uns kennenlernen. Kein guter Start. Gedanklich entschuldige ich mich damit, dass sie vermutlich das Handy tatsächlich vergessen hätte. Sonst hätte sie wenigstens, bevor sie gegangen ist, danach suchen müssen. Hat sie aber nicht.

Kevin und ich laufen weiter, zappen uns durch den Whatsapp-Account der Blonden, müssen hier und da laut lachen, finden aber weiter nichts wirklich Kompromittierendes. Was heißt auch schon kompromittierend. Da ist ein Ralf, mit dem sie einige Nachrichten ausgetauscht hat: "cu", "können wir uns treffen?" uns so weiter… Vermutlich ist das ihr Freund, aber nach allem, was wir hier finden, noch nicht besonders lange.

Und natürlich viele Einträge aus dem Umkreis ihrer Freundinnen, der Schule, und, ach ja, Voice-Nachrichten der Eltern. "Um Punkt 24.00 Uhr bist du zu Hause" oder Ähnliches, wie "Keine Widerrede! Keine Ausflüchte!". Hört sich nach ziemlich stressigem Elternhaus an.

"Ich überleg's mir!", sage ich schließlich, als sich unsere Wege trennen. Ich muss nach rechts, Kevin geht nach links zu seinem Elternhaus.

"Sag mir Bescheid, Alter! Das will ich nicht verpassen!"

Ich grinse. Ja, das will ich auch nicht verpassen, denke ich.

In Gedanken gehe ich nochmal die Fotos auf dem Handy durch. Irgendwie habe ich den Eindruck, dass das Ganze eine Nummer zu hoch für mich ist. Die müssen Geld wie Heu haben. Etliche Fotos sind auf einer Jacht gemacht worden. Wenn das die eigene Jacht war, dann ist die Blonde ein Millionärstöchterchen! Das wird kompliziert!

Ich hänge meinen Gedanken nach, habe hin und wieder immer noch den seltsamen Geruch des Parfums nach Rose und Schokolade im Kopf - kann eine Erinnerung so real sein? - und schlappe langsam Richtung Betreutes Wohnen.

Ausgerechnet als ich an der Tür stehe und nach meinem Schlüssel krame, beginnt das I-Phone erneut zu klingen. Immer dann, wenn man's nicht braucht, denke ich, aber dann wird mir schlagartig klar, dass ich das I-Phone ja auf keinen Fall mit in mein Zimmer nehmen will. Wie verträumt laufe ich eigentlich durch die Gegend? Ich starre wieder auf das Display und merke nicht, wie Manu um die Ecke geschossen kommt, mir das Handy aus der Hand reißt und wie der Blitz davonfährt.

"Bist du bescheuert?", schreie ich ihr hinterher und renne ihr nach. "Manu, gib das sofort her!"

Aber, verrückt, wie sie ist, denkt sie gar nicht daran, stehen zu bleiben. Dann begreife ich es. Weiter unten, an der Bushaltestelle steht gerade Linie 41 zur Abfahrt bereit.

"Lass das!", schreie ich Manu noch hinterher, aber sie springt in die zuschlagende Tür und ist auf und davon. Ich hasse es!

Möchte nicht wissen, was für einen Mist sie jetzt mit dem Handy anstellt. Mir kommt ein Gedanke. Ich schnappe mein eigenes Handy und rufe Manu an. Es klingelt mehrmals, aber es nimmt niemand ab. "Dieser Anschluss ist vorübergehend nicht erreichbar!"

"Shit!", sie hat also nicht einmal ihr eigenes Handy dabei. Mir kommen dunkle Ahnungen.

Tausend Flüche ausstoßend gehe ich in meine Wohnung und warte, aber von Manu keine Spur. Schließlich schlafe ich ein.

Als ich am nächsten Morgen aufwache, bin ich hellwach. Mein erster Gedanke: Manu!

Noch im Schlafanzug laufe ich zu ihr rüber. Ich klopfe mehrmals. Nichts! Schließlich hämmere ich gegen die Tür. Bernd ist ja vermutlich nicht hier, wochenends kommt er nur selten.

Schließlich geht die Tür auf, für meine Verhältnisse, ein wenig zu langsam. Eine völlig verschlafene Manu schaut mich aus zusammengekniffenen Augen an.

"Ich bin gerade erst eingeschlafen!", lallt sie halbtrunken.

"Gib mir das Handy zurück!", knurre ich, drücke die Tür ganz auf und blicke durch ihr Zimmer, durch das Chaos an Kleidung und Schminkzeug, das sich überall stapelt. "Das war echt kein guter Scherz, Manu!"

Eigentlich möchte ich, dass sie sich entschuldigt. Vermutlich hat sie das Handy ja nicht einmal benutzen können. Aber statt einer Entschuldigung, fragt sie nur: "Geklaut, was?"

"Gehört einer Freundin!", lüge ich, auch wenn es ja fast die Wahrheit ist. Eine Freundin, die noch nicht weiß, dass sie meine Freundin ist.

"So so! Ich dachte, WIR seien befreundet", sagt Manu und drückt mir den Zeigefinger auf die Brust.

Komm mir nicht damit, denke ich. *Alex gegenüber hat sie ja noch ganz etwas anderes gesagt.*

"Ich kann ficken, wen ich will!, hat mir jemand mal gesagt. Gilt das nicht auch für mich?"

Manu legt den Kopf schief.

"Das H-A-N-D-Y!", wiederhole ich.

Genervt, wie sie scheint - soviel hält sie dann doch nicht von der Freiheit der anderen - zieht sie das Handy aus dem Kleiderhaufen, der vor dem Bett liegt und knallt es mir in die hohle Hand.

"Danke!", sage ich zynisch und mache mich davon. Hinter mir höre ich Manus Tür knallen.

In meinem Zimmer angekommen, grübele ich darüber nach, was ich jetzt machen soll. Vermutlich hat Alexa längst das I-Phone geknackt. Aber überprüfen kann ich das nicht. Ich beschließe, auf den nächsten Anruf zu warten und mich dann mit der Blonden zu treffen. Dann hat es wenigstens noch etwas Gutes.

Dummerweise kommt das ganze Wochenende kein Anruf mehr.

DEUTSCHUNTERRICHT

Die Woche beginnt mit Deutsch. Wir lesen

Michael Kohlhaas von Heinrich von Kleist. Herr Deutsch - sein Name ist Programm - gibt uns unterschiedliche Rechercheaufträge. Ich und Anke sollen über Kleists Leben recherchieren. Als Herr Deutsch die 2er-Gruppen und ihre Themen vorliest, zwinkert mir Kevin zu. Er hat mir schon mehrmals gesagt, dass Anke auf mich stehen würde. Das hätten ihm ihre Freundinnen gesteckt.

Das Ganze hat nur einen winzigen Nachteil: Ich stehe nicht auf Anke. Sie ist okay, aber sie ist mir auch egal.

Ich zeige Kevin den Stinkefinger. Er lacht!

Während unserer Recherche bemerke ich immer wieder die Seitenblicke von Anke.

Kann sie das nicht lassen? Ich stehe kurz davor, ihr zu sagen, dass das nichts wird mit uns, aber dann tut sie mir doch leid - Warum eigentlich? - und ich arbeite einfach mit ihr zusammen.

Meine Gedanken schwirren sowieso wie die Bienen um den Honig. Mein Honig ist blond und irgendwo da draußen. Wie kann es sein, dass man ein Gesicht nicht mehr aus dem Kopf kriegt, das man nur für wenige Sekunden gesehen hat. Das Schicksal ist unfair, gerade reduziert es mich auf einen Liebeszombi, der nichts anderes mehr in der Birne hat als blondes Haar, blaue Augen und ein Rosen-Schokoladen-Parfum.

Nach 45 Minuten Aushalten mit Anke, dürfen wir gleich präsentieren, wie Herr Deutsch gespielt nett meint. Als ob!

Gott sei Dank, ist Anke in ihrem Element, vielleicht auch meinetwegen, wer weiß.

Jedenfalls erklärt sie, dass Kleist keine Anerkennung hatte blabla und dass Henriette Vogel, die an einem Karzinom erkrankt war, mit ihm gemeinsam den Freitod gewählt hat.

Anke liest:

"Du hast an mir gethan, ich sage nicht, was in Kräften einer Schwester, sondern in Kräften eines Menschen stand, um mich zu retten: die Wahrheit ist, daß mir auf Erden nicht zu helfen war. Und nun lebe wohl; möge Dir der Himmel einen Tod schenken, nur halb an Freude und unaussprechlicher Heiterkeit dem meinigen gleich: das ist der herzlichste und innigste Wunsch, den ich für Dich aufzubringen weiß."

Ich schaue in die Gesichter meiner Klassenkameraden und denke, dass der Freitod von Kleist niemanden wirklich interessiert. Auch ohne Selbstmord - hört sich irgendwie ehrlicher an als Freitod - wäre er heutzutage schon längst unter der Erde. Also, was soll's?

Ich denke an Alexa und frage mich, ob ich auch einen Freitod wählen würde, wenn die Fotos von mir und Manu plötzlich in der Öffentlichkeit landen. Aber die Freiheit, den Tod zu wählen, kommt mir doch als ziemlicher Humbug vor. Was ist danach? Ob dann die Freiheit aufhört?, keiner weiß es. Da sind mir meine Freiheiten, die ich jetzt schon oder noch habe, dreimal lieber.

Immer noch in Trance höre ich Ankes Erläuterungen zu, nicke ab und zu und einmal wage ich es sogar, einen Satz zu ergänzen.

Herr Deutsch ist zufrieden, jedenfalls mit Ankes Leistung. Mir wirft er ein "Du hättest dich ruhig öfter einschalten können" zu, dann sind die nächsten dran.

Ich nicke Anke zu, die mir ein breites Lächeln schenkt.

"Danke!", sage ich. Ich weiß, dass sie das Meiste gemacht hat. Vielleicht hätte sie gerne mehr gehört, wie "wir könnten uns ja mal treffen", aber ich blicke nur auf Kevin, der in sich hineingrinst.

Ich gehe durch die Reihen an ihm vorbei, boxe ihm freundschaftlich auf die Schulter. "Sag bloß nichts!", flüstere ich ihm zu.

Die Stunde vergeht im Nu, Tagträumen mit Kleist und dem unbekannten, blonden Mädchen.

Ab und zu greife ich an meine Hosentasche. Ich habe ihr Handy heute dabei, um es im Fundbüro abzugeben, nach der Schule. Wenn Alexa es geknackt hat, sind die Bilder sowieso weg, Nacktfoto inklusive. Daran kann ich nichts mehr ändern. Dieses Unabänderliche schwebt wie ein Fluch über mir. Und meine Wut über Manu flammt auch immer wieder auf und ab. Sie ist an allem schuld mit ihrer durchgeknallten Art.

In der Pause stehen ich und Kevin auf dem Schulhof herum und quatschen über dies und das. Plötzlich stößt Kevin mich an.

"Das ist sie! Das ist deine Flamme!", ruft er für meinen Geschmack etwas laut. "Verdamm mich! Ist die bei uns in der Kursstufe?"

Ich drehe mich um. Tatsächlich: Ein paar Schülergruppen weiter steht sie in einem Pulk von anderen Oberstufenmädchen herum und unterhält sich.

"Komm!", meint Kevin, "jetzt kannst du das Handy anbringen!"

"Bist du bescheuert. Denk doch mal nach. Woher sollte ich wissen, dass das Handy ihr gehört?"

"Stimmt! Äh, kein guter Vorschlag. Egal, Niko. Wir gehen da hin, wickeln sie in ein Gespräch. Du fragst sie nach ihrer Telefonnummer und Bingo: Sie erzählt dir dann bestimmt, dass sie gerade letztes Wochenende ihr Handy verloren hat. Und schon kannst du als ehrlicher Finder, Retter und Erlöser glänzen."

Ich verziehe das Gesicht. Kevins Vorschläge hören sich immer einfach an, aber wenn er dabei ist, würde ich auf jedem Wort dreimal herumkauen, bis ich es ausspucken würde.

Aber Kevin ist natürlich nicht zu halten. "Komm, jetzt!"

Als er merkt, dass ich nur widerwillig mitkomme, setzt er nach. "Wir müssen wenigstens herausfinden, in welchen Kurs sie geht!

"Das sehen wir doch sowieso!", sage ich. "Jedenfalls ist sie nicht im Deutschkurs von Herrn Deutsch!"

Kevin zieht mich mit.

Als wir die Gruppe erreichen, wird mir mulmig. Ich mag es nicht, meine Zuneigung so zu veröffentlichen, und ich glaube kaum, dass mein Verliebtsein unbemerkt bleibt. Ich komme mir vor, wie ein Krake, Kopf umgestülpt, tot. Im Urlaub mit meinen Eltern habe ich das einmal gesehen. Die Fischer stechen mit einem mit einem Widerhaken besetzten Stock in den Meeresboden, wo sie einen Kraken vermuten, ziehen ihn heraus und drehen ihm den sackförmigen Kopf um. Widerlich, tödlich!

"Hi!", grüßt Kevin in die Runde.

Die Mädels und auch 'meine Flamme', wie Kevin meint, drehen sich um. Unsere Blicke treffen aufeinander. Es ertönt ein mehrstimmiges 'Hi'!

Sie lächelt. Es braucht keinen IQ wie Einstein, um zu bemerken, dass wir uns wiedererkennen. Mein Angelo kommt ins Schwärmen. Er sieht mich schon am Strand, beim Sonnenuntergang…. Siegfried halte ich auf Abstand, sozial unverträglich! Hier in der Gruppe kann ich ihn nicht gebrauchen, das Alfa-Männchen.

"Ich bin Kevin!", sagt Kevin. "Und das hier…", er deutet auf mich.

Ich boxe ihm in die Seite. "Niko!", sage ich und lächle etwas verkniffen.

"Beatrice!"

"Neu hier?", fragt Kevin.

"Ja! Oberstufe!"

"Gab's an deiner Schule nicht!"

"Doch, aber ich wollte nicht an der IGS in Oberursel bleiben."

"Ah!", brummt Kevin.

Es klingelt. Ich fühle mich erlöst. Mit Kevin zusammen geht das nur, solange mich jemand nicht wirklich interessiert. Aber vor Beatrice möchte ich mich nicht blamieren.

"Ich zeige dir, wo der Chemiesaal ist!", höre ich plötzlich Anke sagen.

"Da müssen wir auch hin!", sage ich. Beatrice wendet sich mir zu. Ihr Blick ist ein Versprechen, denke ich zumindest. Was sie aus meinem Blick herausliest, keine Ahnung!

Als wir auf den Seitenbau zugehen, wo die naturwissenschaftlichen Räume liegen, kommt uns der Schulleiter entgegen, Hr. Krauter, mit zwei Polizisten, ein Mann und eine Frau.

"Wahrscheinlich eine Einweisung für die Fünftklässer zum Busfahren, richtig die Straße überqueren und so weiter", sagt Kevin.

Aber der Schulleiter kommt direkt auf mich zu.

"Kann ich dich kurz sprechen, Niko!"

Kevin und ich tauschen einen kurzen Blick aus. Geht es um das Handy? Kevin zuckt mit den Schultern.

"Klar!", sage ich. Die anderen und auch Beatrice drehen sich kurz nach mir um. Ich weiche Beatrice' Blick aus.

"Bis später!", meint Kevin.

In Begleitung der drei gehe ich ins Hauptgebäude, in das Büro der Schulleitung.

Als wir sitzen, fängt Herr Krauter an: "Die Herren sagen, dass man ein fremdes Handy bei dir geortet hat, dass im Fair-Lady verloren gegangen ist."

Okay, denke ich. Die Sim-Karte hätte ich gleich wegschmeißen sollen. Aber ich wollte es ja eh zurückgeben.

"Ja!", sage ich und versuche möglichst entspannt zu wirken. "Ich hab' eins gefunden!" Ich ziehe es aus der Hosentasche.

"Das hier?", frage ich.

Ein Polizist nimmt es kurz in die Hand. "Sieht so aus!"

"Ich wollte es heute zum Fundbüro bringen!", ergänze ich.

Herr Krauter zieht die Augenbrauen nach oben. "Niko!", sagt er mit einem genervt-bedrohlichen Unterton.

"Wann hätte ich denn sonst ins Fundbüro gehen

sollen?", sage ich aufgebracht. *Schließlich ist dieser Teil ja tatsächlich wahr.* "Am Wochenende vielleicht?"

"Wir dachten eigentlich, deine Zimmernachbarin im Betreuten Wohnen hat das Handy gestohlen, da sie mehrere Gespräche angenommen hat."

Innerlich schlage ich die Hände über dem Kopf zusammen. Manu! Was hat sie noch alles gemacht?

"Aber sie hatte das Handy nicht. Sie meinte, es gehört dir! Und jetzt haben wir das Handy hier an der Schule orten können. Also war diese Auskunft wenigstens richtig!"

Ich stoße hörbar die Luft aus.

"Ich…, ich war im Fair-Lady gewesen", beginne ich. "Als ich zu meiner Wohnung zurückkam, hat Manu mir das Handy aus der Hand gerissen und ist damit abgehauen. Ich habe keine Ahnung, was sie damit alles angestellt hat?"

"Nun gut, Niko!", geht mein Schulleiter dazwischen. "Ein Wochenende ist tatsächlich eine kurze Zeit. Gehen wir mal davon aus, dass du es zurückgeben wolltest." Er steht auf. "Einen Moment, bitte." Dann öffnet er seine Bürotür. "Frau Zeiner, würden sie mir bitte das Fräulein Andrade holen. Wir bräuchten sie einen Moment."

Shit, denke ich. So habe ich mir das nähere Kennenlernen mit Beatrice nicht vorgestellt.

Nüchtern, mit seinem kurzen Augenbrauenzucken kommt Hr. Krauter wieder zu uns. "Wenn wir schon die Besitzerin auch an der Schule haben, vielleicht kann sie ja das Ganze aufklären."

Die Polizistin nickt.

Es dauert nicht lange, und Beatrice erscheint im Schulleiterzimmer.

"Sie wollten mich sprechen?", sagt sie und blickt in die Runde, bis ihre Augen an mir hängen bleiben.

"Niko scheint dein Handy gefunden zu haben!", sagt Krauter.

"Hm!", brummt Beatrice, ihr Blick wird sofort kalt. Entweder ahnt sie, dass der Fund eher mit Diebstahl richtiger zu bezeichnen wäre, oder aber Manu hat ihr einen riesen Mist erzählt und sie mit allem möglichen Kram vollgequatscht. Ich kann nur ahnen, was Manu so in den Sinn gekommen ist.

"Nun Beatrice!", schaltet sich der Schulleiter ein. "Ich habe ja schon mit Ihrem Vater gesprochen. Die verbalen Entgleisungen, die offenbar Ihr Vater erdulden musste, können wir Niko nicht anlasten."

Beatrices Gesichtsausdruck ändert sich kein bisschen. Natürlich hält sie mich für mitschuldig. Manu wird ihr etwas von Beziehung, eher vielleicht von Sex und so weiter erzählt haben, so, wie Manu halt erzählt. Und wenn sie dann auch noch Beatrices Vater vollgequatscht hat? Ich will gar nicht dran denken. Mein innerer Angelo

46

schlägt die Hände über dem Kopf zusammen. Siegfried ist angepisst. Wir hätten das schon im Fair-Lady klären sollen, zischt er mir zu.

"Warum haben Sie das Handy eigentlich nicht im Fair-Lady abgegeben?", schaltet sich der Polizist ein.

"Gott, nochmal!", fahre ich auf. Ich kann meine Anspannung auch nicht mehr halten. "Vielleicht wollte ich ja einen Finderlohn!"

"Du kannst froh sein, wenn euch mein Vater nicht anzeigt!", knurrt Beatrice.

Euch, hat sie gesagt. Also muss Manu ja etwas von UNS erzählt haben. Ich versinke im Boden.

"Ich bin mit Manu nicht zusammen!", sage ich entschuldigend.

"Das hat sich von deiner Manu aber ganz anders angehört. Zwanzig Zentimeter Glück und so ein Scheiß!", setzt Beatrice nach.

Krauter zieht wieder seine Augenbrauen hoch. Er steht auf und rettet mir damit den Arsch. Ich glaube, ich bin puterrot und hoffe, dass man es mir nicht so ansieht.

Beatrice jedenfalls schaut einigermaßen zufrieden drein, nachdem sie mich so bloßgestellt hat.

"Hier!", sagt Krauter und gibt Beatrice das Handy. "Passen Sie das nächste Mal besser darauf auf!"

Die Polizisten sind auch aufgestanden.

Krauter nickt ihnen kurz zu und reicht ihnen die Hand. "Danke fürs Kommen. Ich werde die Angelegenheit noch mit Niko und eventuell mit den Eltern von Beatrice klären."

Ich wende mich zur Tür.

"Niko!", sagt Krauter und tippt mich an der Schulter an. "Du bleibst noch einen Moment hier. Wir müssen reden!"

Ich lasse meine Schultern sacken. Ich weiß, was jetzt kommt. Abmahnung und Androhung von Rauswurf.

"Setzt dich!", sagt Krauter.

Resigniert setze ich mich wieder auf einen der Stühle am Besprechungstisch. Ich rümpfe die Nase.

"Du hast das Handy nicht zufällig gefunden!", fängt Krauter an. "Wenn wir das jetzt so glimpflich geregelt haben, dann auch deshalb, weil ich keine große Publicity für diese Sache hier haben will, zumal..."

Krauter unterbricht sich, schaut mich mit einem durchdringenden Blick an. "Egal!", fährt er fort. "Ein zweites Mal hole ich dir nicht die Kohlen aus dem Feuer. Dann wirst du wohl oder übel die Schule verlassen müssen!"

"Schon okay!", sage ich und drücke mich aus dem Stuhl. Ich gehe zur Tür und drehe mich nochmal um. "Aber auch wenn SIE es mir nicht glauben. Ich wollte das Handy tatsächlich zurückbringen."

Krauter sitzt wieder an seinem Schreibtisch und blickt kurz auf. "Okay! Pass auf dich auf!"

"Wiedersehen!", sage ich und schieße nach draußen. *Pass auf dich auf!* Was will er denn damit sagen? Ich habe ja schon genug Aufpasser. Sei's drum. Das mit Beatrice ist damit gecancelt! Nachdem Manu ihr einen Einlauf über unsere Beziehung gegeben hat, hält sie mich für total bescheuert, egal ob sie mich vorher gemocht hat oder nicht.

Ich gehe zurück in den Unterricht. Dummerweise sitze ich neben Beatrice, weil die anderen Plätze besetzt sind. Ich komm mir vor wie ein Aussätziger: Dieb, sexuell gestört, danke Manu! Was kann man sich noch wünschen, denke ich ironisch. Je länger ich neben Beatrice sitze, die demonstrativ ein Stück von mir abgerückt ist, koche ich vor Wut auf Manu.

Als ich zu Kevin Blicke, zuckt er mit der Schulter und macht ein betröppeltes Gesicht, seine Art, Mitgefühl zu zeigen. Sicherlich hat er das auch nicht kommen sehen.

Schließlich geht der Tag zu Ende, mit der 10ten Stunde BK. Beatrice ist mir immer noch an den Fersen, vermutlich weil wir zur selben U-Bahn-Station müssen.

Und so ist es! Wir stehen an der U-Bahn-Station. Sie ziemlich weit vorne am Gleis, vermutlich damit sie mich nicht dauernd im Blickfeld hat. Hinter ihr stehen ein paar Jungs aus der Mittelstufe.

Ich schaue mal links mal rechts, dann mehr aus Langeweile beobachte ich die Gruppe Jungs, die miteinander zu rangeln angefangen haben.

Ich höre die U-Bahn einfahren und sehe nach links in den U-Bahn-Schacht, wo das runde Licht vorne an der U-Bahn schon hell im Tunnel erkennbar ist.

Mein Blick geht wieder zu Beatrice, die auch die U-Bahn einfahren sieht. Dann geht alles wie in Zeitlupe. Ich sehe, wie einer der Jungs einen anderen so schubst, dass er rückwärts gegen Beatrice stolpert und sie damit aus dem Gleichgewicht bringt. Beatrice schreit auf und stolpert vornüber aufs Gleis.

Wie der Blitz schieße ich nach vorne, reiße Beatrice, die sich panisch wieder aufgerappelt hat, an der Hand auf den Bahnsteig. Keine Sekunde zu früh. Hinter ihr streift die U-Bahn noch ihre Tasche und zieht uns fast wieder auf das Gleis zurück. Die Bremsen quietschen, aber die Bahn kommt erst ein paar Meter hinter uns zum Stehen.

Die Jungs stehen betröppelt und geschockt daneben.

"Habt ihr noch alle Tassen im Schrank!", schreie ich. Ich habe immer noch soviel Adrenalin im Blut, dass ich am liebsten diesen Idioten in die Fresse hauen möchte.

Als der Lokführer aus dem vorderen Wagon herangeeilt kommt, schauen sich die Jungs kurz an und rennen davon, als wäre der Teufel hinter ihnen her. Solche Vollpfosten, haben die noch nie etwas von Kameras an den U-Bahn-Stationen gehört?

"Alles okay?", frage ich Beatrice.

Sie nickt, aber an einer Hand blutet sie leicht. Sie hat sich instinktiv richtig abgefangen.

"Brauchen Sie einen Krankenwagen!", fragt der herbeigestürzte Lokführer.

Beatrice schüttelt den Kopf. "Ich glaube nicht. Aber für heute habe ich definitiv genug erlebt!", fügt sie hinzu und grinst mich dabei an.

Hat sie mir verziehen? *Nun ja,* meint Siegfried. *Wir haben ihr gerade das Leben gerettet!*

Mag sein, denke ich und sage dann einen Satz, der spontan aus mir herausschießt und den Siegfried nicht besser hätte sagen können: "Ich bring dich nach Hause!"

Beatrice schaut mich an und ihre Pupillen weiten sich.

Dir geht es wie mir, denke ich. Dich hat es auch erwischt. Gott sei Dank!

ERSTES DATE

Ich sitze neben ihr in der U-Bahn. Mein Blick auf ihr Profil gerichtet. Ab und zu begegnen sich

unsere Augen. Und ich rede und rede, lache, sie
lacht mit, dann rede ich weiter: über die Schule,
über Handball, die Lehrer, die Klausuren, ich
komme aus dem Reden nicht mehr raus.

Jetzt ist mal genug, sagt mein innerer Siegfried,
komm endlich zur Sache.

Auch über Manu kläre ich sie auf.

Aber mein Angelo ist nicht zu bremsen und ich
auch nicht. Wie kann man nur so verdammt gut
aussehen. Ich denke an den goldenen Schnitt, den
wir im Kunstunterricht besprochen haben. Neben
mir sitzt er in 3-D. Die zierliche Nase, die großen
Augen, die Haut ein Meer aus Samt. Am liebsten
würde ich ihr Gesicht mit den Fingern abtasten.
Kann man so schön sein? Frau kann, offensichtlich.

Mir fällt ein Spruch meiner Mutter ein, besser
gesagt ein Gedicht: *Erano i capei d'oro all'aura
sparsi...* (Es wehten die goldenen Haare im Wind),
von Francesco Petrarca, dem italienischen Dichter
schlechthin, wie meine Mutter immer sagte. Ironie
des Schicksals: Auch er hat rauschartige Gedichte
über eine Beatrice geschrieben, die er allerdings
nie sein eigen nennen konnte. Ob er je neben ihr
gesessen hat? Jetzt kann ich ihn verstehen. Ich bin
in einem rauschartigen Zustand, fast als stünde ich
unter Drogen, fehlt nur noch, dass ich anfange zu
dichten. Ich merke, wie meine Konzentration
zunimmt, wie ich alles um mich herum ausblende,
nur noch Augen für Beatrice habe.

Wie kann sie nur so viel Macht über mich ausüben, ohne sich dessen bewusst zu sein? Geht es ihr genauso? Ab und zu wandert mein Blick zu ihrer rechten Hand, die auf ihrer Jeans liegt, nah zum Greifen, aber ich bin so überwältigt, zu nichts fähig. Mein innerer Siegfried scheint tief in einem Verlies eingesperrt zu sein und Angelo kommt nicht in die Pötte. Ich habe Angst, Angst, dass sie eine vorsichtige Berührung zurückweisen würde, dass ich dastehe wie der Idiot, der nicht geblickt hat, dass er ein Wesen von einem anderen Stern nicht einfach mal so angraben kann, der dann in der Schule belächelt wird, so von Weitem, wenn andere dann über mich tuscheln, dass ich einen Korb bekommen habe. Dabei würde sie vielleicht nie jemandem davon erzählen, wer weiß das schon?

Jetzt würde ich gerne Gedanken lesen können. Beatrice schaut aus dem Fenster.

"Nächste Station Hauptwache/ Zeil!", tönt es aus den Lautsprechern. "Umsteigemöglichkeiten zu den S-Bahn-Linien S1-S6, S8 und S9 sowie zu den U-Bahn-Linien U6 und U7! Ausstieg in Fahrtrichtung rechts."

Beatrice steht auf. Auch ich schieße in die Höhe, obwohl ich eigentlich schon viel zu weit gefahren bin.

"Wo musst du hin?", frage ich.

Beatrice schaut mich mit großen Augen an. Ein

schwaches Lächeln huscht über ihre Samthaut.

Wahrscheinlich strahle ich sie an wie ein Auto, Nebelscheinwerfer aktiv, die irgendwie durch meine Nebelsuppe aus Angst und Hoffnung hindurchscheinen.

"Ich steige hier meistens in die U3 um. Ich muss bis Oberursel, das dauert noch 'ne Weile."

"Ich bring dich nach Hause!", entschlüpft es mir und Angelo springt vor Freude im Kreis herum.

Wieder dieses kaum wahrnehmbare Lächeln.

"Das musst du nicht!", sagt sie leise und geht zur Tür. Dort greift sie nach der Haltestange und wirft ihren Kopf zu mir herum. Ihre blonden Haare drehen sich wie ein Karussell. Ihre Augen glitzern schalkhaft. Ich stehe immer noch hinter ihr. Freut sie das? Fast scheint es so. Auch ich halte mich an der Haltestange fest, meine Hand direkt oberhalb der ihren. Fast berühren sich unsere Finger.

"Ich hab eh nichts Besseres vor!", hauche ich und tobe innerlich vor Wut über meine Dummheit.

Ich habe eh nichts Besseres vor, das hört sich gerade so an, als würde ich zwischen zwei langweiligen Alternativen wählen, nach Hause fahren oder noch ein bisschen mit ihr herumhängen. Eigentlich müsste es heißen: *Könnte ich je etwas Besseres tun?*

Aber auch das wäre der falsche Satz. *Du haust mich um!*, müsste ich sagen. Jede Faser meines Körper ist auf dich ausgerichtet, drängt zu dir, will dir nah sein, ich könnte den Rest meines

Scheißlebens neben dir U-Bahn fahren und wäre glücklich.

Was redest du für einen Mist, Angelo!, meint Siegfried. *Mit dem wirst du nicht glücklich.*

Irgendwie hat Siegfried Recht. Reden allein macht nicht glücklich, schon gar nicht, wenn man um den heißen Brei herumredet. Und verdammt! Beatrice ist wirklich heiß.

Wir stehen beide an der Haltestange und starren nach draußen, gegen die Wand des U-Bahn-Schachtes, der nun heller wird und den Blick freigibt auf die U-Bahn-Haltestelle Hauptwache, an der sich ein Band aus gelben Streifen entlangzieht. Wenigstens etwas bunt.

Die U-Bahn wird gerade langsamer.

"He, Süße, wie wär's mit uns zwei", höre ich plötzlich von der Seite und sehe, wie Beatrice sich umdreht und die Hand des Typen von ihrer Schulter wischt.

"He, lass das!", knurrt sie ihn an, aber da hat sich Siegfried schon längst in die erste Reihe gearbeitet.

All meine Anspannung wegen Beatrice findet plötzlich ein Ventil. Ich schubse den Typen mit solch einer Gewalt durch die Sitzreihen, dass er das Gleichgewicht verliert, durch den Gang stolpert und gegen eine Rückenlehne donnert. Erschrocken von der Wucht blickt er mich an.

Ich setze ihm nach. Der Typ ist mittleren Alters, trägt ein etwas heruntergekommenes Jackett und hat immer noch die Bierflasche in der Hand. Allerdings hat er sich beim Fallen einen Teil des Inhalts über die Jacke geschüttet.

"Verpiss dich!", schreie ich und bemerke erst jetzt die Alkoholfahne, die der Typ um sich hat und die durch die U-Bahn wabert. Ich will ihm noch eine mitgeben, als mich eine Hand zurückhält.

"Lass, ihn, Niko", sagt Beatrice, "das ist es nicht wert. Der ist stockbesoffen!"

Beatrices Hand auf meiner Schulter hat mich elektrisiert. Mich schaudert. Mein Blick bohrt sich in ihren. Ich habe einen Grund, sie richtig anzustarren. Das tut gut. Jetzt berühre auch ich sie an der Schulter.

"Bei dir alles okay!", frage ich.

Sie nickt. "Alles gut! Das gibt es hier öfter!"

In diesem Moment hält die U-Bahn. Ich drücke den Ausstiegsknopf, lege meine Hand unmerklich auf ihre Schulter und schiebe Beatrice vorsichtig nach draußen. Berührung Nummer zwei, zwar nur ein Hauch, aber immerhin.

Die U3 nach Oberursel braucht nicht lange, bis sie in der Hauptwache einfährt. Wir steigen hinten ein und setzen uns auf eine Bank in Fahrtrichtung. Irgendwie ist die Stimmung gedrückt, vermutlich wegen diesem Typen.

"Hast du denn wenigstens ein Pfefferspray oder sowas, wenn dir das öfter passiert?", frage ich vorsichtig.

Beatrice kramt kurz in ihrer Tasche und zieht ein Pfeffer-Spray heraus. "Mean green!"

Ich nehme es kurz in die Hand, eine handliche, schwarze Spraydose mit leuchtend grüner Aufschrift. Ich drehe es so, dass ich die Schrift lesen kann. 'FOX' steht drauf, im 'O' ein kleines Fuchsgesicht.

"Ich weiß!", sagt Beatrice, "ist eigentlich zur Abwehr von Tieren." Sie nimmt es wieder an sich. "Und natürlich nicht erlaubt. Außerdem kriegt man die Farbe nicht so leicht ab. Für die Polizei leicht zu erkennen, wen sie festnehmen müssen." Etwas verlegen steckt sie es wieder ein. "Mein Dad wollte es unbedingt!"

"Ist doch okay!", flüstere ich, als würde ich mich mit schuldig fühlen.

"Ich setze es eh nie ein!" Beatrice lächelt. "Es reicht, wenn ich so einen Idioten anbrülle. Außerdem bin ich ja nicht alleine."

Eine leichte Röte schießt über ihre Wange. "Ich meine, die U-Bahn ist ja nie leer, meist sind noch eine Handvoll Leute da." Beatrice blickt nach draußen in die Nacht.

Der Angelo in mir hüpft vor Freude auf und ab. *Sie hat angebissen*, schreit er vor Glück. *Sie wird rot, wenn sie an dich denkt!*

Ich entspanne ein wenig.

Plötzlich dreht sich Beatrice zu mir und gibt mir

Kuss auf die Wange. Ein Schock fährt mir durch die Glieder, beinahe wäre ich zurückgezuckt. Wir blicken uns an. *Wenn nicht jetzt, dann nie?*, sage ich mir und lasse meine Hand über ihren Nacken und dann ins Haar fahren. Beatrice neigt ihren Kopf leicht gegen meine Hand.

Jetzt gibt es für mich kein Halten mehr. Meine linke Hand fasst an ihre Taille und ich ziehe sie sanft zu mir hinüber. Mein Herz schlägt mindestens 180. Jetzt hält sich auch Beatrice an mir fest. Unsere Lippen berühren sich. Behutsam wie ein Schmetterling öffnet Beatrice ihre Lippen und unsere Zungen beginnen Karussell zu fahren. Ihr Duft, ihre zarten Bewegungen. Es haut mich weg!

Die U-Bahn Ansage bringt mich wieder in die Realität zurück. "Nächste Station Oberursel Hohemark. Fahrtende! Bitte aussteigen!"

Gott, war das eine Fahrt!, denke ich. *Achterbahn der Gefühle.*

Beatrice und ich steigen aus. Gott sei Dank braucht es jetzt keine Floskeln, kein Gerede mehr. Ich stecke meine rechte Hand in ihre hintere Hosentasche und ziehe sie an mich. Glückselig schlendern wir die Straße entlang.

"Ist nicht mehr weit!", sagt Beatrice.

Mit meinem freien Daumen der rechten Hand streiche ich ihr über den Saum ihrer Jeans. "Von mir aus könnten es noch 1001 Kilometer sein!", flüstere ich.

Beatrice grinst.

Plötzlich bleiben wir vor einem hohen, gusseisernen Gatter stehen, eingerahmt von einer mindestens zwei Meter hohen Mauer. Die Torflügel werden von einem gusseisernen Bogen überragt, auf dem etwas mit Metallbuchstaben geschrieben steht. Der erste Gedanke: ein Bild aus unserem Geschichtsbuch, der gusseiserne Bogen über dem Eingang eines Konzentrationslagers mit der Aufschrift "Arbeit macht frei". Dann lese ich den Schriftzug: Pandora. Ich denke an den Film Avatar, das Land Pandora.

Und so fühle ich mich auch ein wenig. Das Zusammensein mit Beatrice, eine Reise in ein neues Land? Wahrscheinlich!, denke ich und grinse.

Dann fallen mir plötzlich die Kameras auf. An den Eckpfeilern der Mauer je eine. Rechts des Tores eine Gegensprechanlage, auch hier mit Kamera, und ein Tastenfeld für Zahlen. Beatrice tippt einen Code ein. Sie lächelt mich an.

"Mein Vater!", sagt sie mit einem Anflug von Genervtheit.

Nun ja, denke ich, *so eine Tochter würde ich vermutlich auch im Tresor einschließen.*

Beatrice schiebt die Tür auf und gestikuliert mich rein. "Komm!", flüstert sie, als hätte sie etwas Verbotenes getan.

Ich lasse mich natürlich nicht zweimal bitten. Die

Auffahrt zu der Villa ist für meine Verhältnisse verdammt lang. Das Ganze wirkt wie ein Park. Wie viel Geld müssen Beatrice' Eltern haben? Wir gehen aneinandergeschmiegt den Kiesweg vor, bis er eine leichte Biegung macht. Hier ist ein riesiger Rhododendron in voller Blüte! Im ersten Moment denke ich, der ist echt. Dann kommt mir die Jahreszeit in den Sinn: Herbst. Ich bin zwar kein Genie in Botanik, aber blüht das Zeug nicht eher im Frühjahr?

Neugierig fasse ich eine der Blüten an. Plastik! Diese Familie hat seltsame Gewohnheiten, sage ich mir.

"Die sind nicht echt!", flüstert mir Beatrice ins Ohr, zieht mich hinter den riesigen Strauch, sodass wir vom Haus aus nicht zu sehen sind und knabbert mir das Ohrläppchen ab.

Ich umschlinge sie, vergrabe meine Hände in ihrem Haar und ziehe ihre Lippen zu mir.

Wir stehen so für einen kurzen Augenblick, als die Haustür der Villa geräuschvoll aufgeht. Beatrice schreckt zusammen, als hätte man ihr einen Stromschlag verpasst.

"Schnell!", flüstert sie und zieht mich hektisch vom Rhododendron weg in den Park hinter eine dicke Eiche.

Erschrocken über den schnellen Gemütswechsel schaue ich sie perplex an.

"Mein Vater!", haucht sie und ihre Augen sind

schreckgeweitet. Beatrice deutet in Richtung Park, wo ich in etwa 50 Meter Entfernung im Dunkeln die Mauer erkennen kann. "Du musst weg. Mein Vater wird stinksauer!"

Okay, denke ich, hat die Prinzessin sich mit einem ganz normalen Bauern eingelassen, weshalb Daddy jetzt auf der Matte steht? Er weiß doch noch gar nichts von mir!? Oder ist Beatrice Freiheit doch mit ein paar Hand- und Maulschellen versehen?

"Okay!", flüstere ich.

"Da hinten, die drei Bäume. Einer davon hat einen langen Ast, der über die Mauer reicht. Da müsstest du leicht rüberkommen."

Ich wage nicht zu fragen, wieso sie mir nicht ihren Vater vorstellt. Das kann sie mir ja ein andermal erzählen. Jetzt muss ich mich wohl erstmal vor dem Übervater retten, auch wenn ich jetzt schon ein wenig säuerlich bin, als hätte mein Beschützerinstinkt sich nun auch gegen Beatrices Vater gewandt.

Beatrice linst hinter dem Baumstamm hervor. Ich blicke über ihre goldene Lockenmähne und schlucke. Auf der pompösen Eingangstreppe steht ein Mann im Anzug. Das ist nicht das Problem. Aber am Halsband hält er einen Hund fest, dessen Hüfthöhe der eines Kalbes gleicht.

"Was ist das für ein Vieh?", hauche ich Beatrice ins Ohr.

"Ein irischer Wolfhund!"

Kaum hat Beatrice die Hunderasse genannt, als das Kalb die Ohren spitzt. Ich drücke Beatrice einen Kuss auf die Haare und schleiche mich langsam, aber sicher davon.

Sicher! Dachte ich! Ich bin noch keine fünf Meter gelaufen, als ich ein scharf gezischtes "Fass!" höre.

Ein Adrenalinstoß schießt in meine Adern und ich beginne geduckt zu laufen.

"Ich bin's nur!", schreit Beatrice und läuft auf den Hund zu.

"Was machst du da im Halbdunkeln?", höre ich eine militärische Stimme schreien.

Gott, ich hasse diesen Typen jetzt schon und irgendwie scheine ich eine Erinnerung an diese Stimme zu haben. Mir fällt nur nicht ein, woher.

"Rex!", schreit Beatrice plötzlich. "Rex! Bleib hier!"

Ich haste los, Rex auf den Fersen, wie ich vermute. Weit ist es nicht! Ich prüfe mit einem Blick, von welchem Baum Beatrice wohl gesprochen hat. Das ist leicht zu erkennen!

Ich habe den Baum gerade erreicht, als ich in den Augenwinkeln das Vieh sehe. Das schaffe ich nicht, schießt es mir heiß wie Lava in den Kopf. Das kann nicht gut ausgehen.

Ich springe, versuche mich an einem seitlichen, etwas kleineren Ast festzuhalten und ziehe mich hoch. Gerade noch rechtzeitig, denke ich für einen

Moment. Dann bricht der kleinere Ast, bevor ich mich ganz hochziehen kann.

Ich falle direkt auf das Monster drauf, trete es weg und ziehe ihm den Ast quer über die Schnauze.

Ein Aufjaulen wie eine Sirene, während ich staccatohaft "Aus! Aus! Aus!" von Beatrice höre, die auf uns beide zugestürmt kommt.

Als sich der Köter fast wieder erholt hat, ist Beatrice zur Stelle und hält ihn am Halsband fest. Ich will mich wieder auf den Baum ziehen, als ich sehe, dass sich das Vieh immer noch mit der Pfote über das Auge streift.

"Oh Gott!", ruft Beatrice und jetzt sehe ich es auch.

Ich habe dem Hund mit dem Ast ein Auge kaputtgeschlagen.

"Was haben Sie hier zu suchen!", höre ich den scharfen Militärston und schon ist auch Beatrices Vater zur Stelle. Ich weiß sofort wieder, woher ich diesen Mann kenne. Derselbe Typ hat die Staatsanwaltschaft in meinem Fall inne gehabt und hat dafür gesorgt, dass mir die Sozialstunden aufgebrummt wurden. Er hat seine fettigen Haare nach hinten gekämmt, einen Lippenbart und eine Hornbrille. Das mag seriös aussehen, aber hinter dieser Fassade versteckt sich ein kalter, berechnender Blick. Wie kann man so aussehen und dann eine so hübsche Tochter haben?

Ich werde blass, was man im Dunkeln, Gott sei Dank, nicht merkt. Dann fange ich mich wieder. Innerlich muss ich grinsen. Soll ich sagen, dass ich gerade Sozialstunden bei seiner Tochter mache?

"Du kannst doch nicht einfach den Hund loslassen!", schreit Beatrice und kann kaum ihren hysterischen Unterton verstecken.

Ich habe ihren Hund verstümmelt, denke ich. Das fühlt sich gar nicht gut an, auch wenn ich ihrem Vater den Hund gerne in mundgerechte Scheiben zurückgeschickt hätte. Arschloch!

"Verlassen Sie umgehend unser Anwesen", knurrt Beatrices Vater und deutet mit dem Finger zum Ausgang. "Na, wird's bald!"

Ich werfe noch einen Blick auf Beatrice. Ihr laufen die Tränen über die Wangen. Der Hund, der ja für den ganzen Mist nichts kann, tut mir plötzlich auch leid. Aber Beatrices Vater hasse ich.

"Ciao", murmele ich in Richtung Beatrice. Sie schielt kurz zu mir hoch, sagt aber nichts.

Ich sage nichts mehr, werfe Beatrices Vater aber noch einen vernichtenden Blick zu, was ihn jedoch nicht stört, und gehe zum Tor zurück. Es ist das Beste, denke ich. Soll ich etwa noch mit dem Alten diskutieren. Das würde die Beziehung zwischen Beatrice und mir noch mehr belasten. Vermutlich wird sie mir das mit dem Hund sowieso nicht mehr verzeihen. Schließlich wird sie jeden Tag daran erinnert, wenn sie den Hund sieht, dass ihr

Freund - bin ich das überhaupt? - ihren Hund verstümmelt hat.

"Ich will dich mit diesem Kleinkriminellen nicht mehr sehen!", höre ich ihren Vater toben. "Der hat seine Eltern zusammengeschlagen!"

So ein Arsch!, denke ich. Erstens bin ich nicht kleinkriminell, jeder macht sich mal einen Spaß daraus, irgendetwas zu klauen. Man will halt wissen, wie das ist. Es ist eher der Nervenkitzel und hat nichts mit einem professionellen Dieb zu tun, der damit seinen Lebensunterhalt verdient. Außerdem, woher will er überhaupt wissen, dass ich etwas geklaut habe. Typisch Eltern, denke ich. Sie müssen sich immer in die Beziehungen ihrer Kinder einmischen. Und vermutlich wird Beatrice auch noch auf ihn hören. Jedenfalls wird sie jetzt denken, dass ich ein völlig durchgeknallter Typ bin, der seine Eltern ständig schlägert. 'Familie oder Niko' wird sie denken und sich dann für die Familie entscheiden. So ist das halt!

Ich höre, wie er weiter auf sie einredet. "Gibt es denn keinen anderen interessanten Typen, außer diesem Geistesgestörten? Warum bringst du ihn überhaupt mit hierher?" Ich höre nicht mehr hin. Es hat alles keinen Zweck. Der Typ ist und bleibt ein Arsch!

Als ich das Tor erreiche, brummt das Schloss und springt auf. Wahrscheinlich hat Beatrices Vater eine Fernbedienung. Ich drehe mich noch einmal um, blicke in die Dunkelheit, kann aber nur die Schemen von Beatrice und ihrem Vater erkennen. Ich höre ein leises Schluchzen, sicherlich nicht der Vater!

KAMERA-LIEFERUNG

Die Woche ist anstrengend. Beatrice meidet mich, wo sie kann. Entweder verzeiht sie mir das mit ihrem Hund nicht oder ihr Vater hat so lange über den 'Kleinkriminellen' geredet, dass sie es mit der Angst zu tun bekommen hat. Spätestens am Freitag bin auch ich richtig angepisst. Ich komme mir vor, als hätte ich einen Gen-Defekt.

Am Samstagmorgen werde ich durch Klingeln geweckt. Es ist halb elf, die Post ist da. Manu und Alex machen sich nicht die Mühe, sich aus dem Bett zu wälzen. Ich schleppe mich nach unten und nehme das Paket entgegen.

Es ist für mich, eine kleine Box in der typischen Amazon-Verpackung. Ich habe nichts bestellt, fällt mir da ein, aber womöglich meine Eltern. Ab und an schicken sie mir eine kleine Aufmerksamkeit.

Ich unterschreibe auf dem mobilen Barcode-Scanner und tapse wieder nach oben. Ich möchte noch schlafen. Ich knalle die kleine Box auf das Sofa und krümele mich wieder in mein Bett.

Kaum habe ich die Augen zugemacht, tönt es aus dem Lautsprecher von Alexa. "Du hast ein

Geschenk bekommen, Niko! Bitte, öffne das Paket!"

Ich bin augenblicklich hellwach. An Alexa hatte ich während der Zeit mit Beatrice nicht gedacht. Dieser Albtraum war für eine kurze Zeit Vergangenheit gewesen. Umso heißer fällt mir jetzt ein, dass Alexa möglicherweise auch Beatrices Handy gehackt hat, dank Manu. Was ist in dem Paket? Wut braust in mir auf. Ich komme mir so verdammt hilflos vor. Nur mühsam unterdrücke ich den Impuls, Alexa gegen die Wand zu schleudern.

Ich gehe zur Couch, grabsche die kleine Box, ziehe meinen Daumennagel über das Klebeband und reiße das Ding auf.

"ZWEI Kameras!" Ich brauche nicht lange, um zu begreifen, warum Alexa - oder wer auch immer dahinter steckt - mir zwei Kameras geschickt hat. Sie wollen, dass ich noch mehr Filme drehe. Nie im Leben!

Mein Handy brummt. Ich habe eine MMS bekommen. Ich klicke auf die jpeg-Datei und sehe mein ultra bescheuertes 20-Zentimeter-Glück-Foto, dass ich schon zum x-ten mal bedauere!

"Bringe die Kameras diagonal so in der Raumecke an, dass dein Bett und das Sofa im Blickwinkel der Kamera liegen!"

"Mit wem rede ich?", frage ich Alexa direkt. Keine Antwort!

"Alexa, ich möchte wissen, mit wem ich rede!"

"Ich spreche gerade mit Niko. Dies ist Niko Konto!", tönt die immer gleich-freundliche, weibliche Stimme.

"Leck mich!", fluche ich. Ich weiß auch, dass ich mein Konto bei der Einrichtung des Echo-dots mit 'Niko' angegeben habe. Aber ich weiß auch, dass - wer immer das gehackt hat- mit derselben samtweichen Stimme direkt zu mir sprechen kann.

"Ihr seid Schweine!", brülle ich Alexa an.

Was hilft's. Skrupel haben diese Leute jedenfalls keine und vielleicht haben sie mich noch nicht einmal gehört. Vielleicht ist die Kommunikation von meiner Seite doch mit der Anrede 'Alexa' verknüpft. Ich werde es nicht herausfinden.

Mich kotzt das Ganze an. Zwei Kameras. Ich bin nicht die Peep-Show für irgendwelche Psychos, die sich Soft-Pornos oder sonst etwas reinziehen wollen, von Laien sozusagen, damit es noch irgendwie echt aussieht.

Ich muss Kevin fragen, ob er eine Möglichkeit sieht, Alexa zu hacken und die Daten an die Polizei zu liefern. Wo soll das Ganze hinführen?

Ich blicke auf die Kameras, kaum größer als ein Daumen, weiß, dass sie in der Zimmerecke vermutlich kaum auffallen, die Linse ziemlich klein, fast übersehbar.

Ich gehe zu meiner Behelfsküche, krame in den Schubladen herum und finde tatsächlich ein paar alte Nägel, mit denen ich die Kameras einigermaßen stabil in den Zimmerwinkeln anbringe. Als Hammer dient mir der Rücken meines Chemiebuches, der dann auch ziemlich kaputt aussieht.

Ich muss hier raus, insbesondere weil ich Kevin nicht von hier aus um Hilfe bitten kann, sonst ist Alexa wieder informiert. Ich muss das analog machen, leider.

Ich wende mich zur Tür. Alexa hat komischerweise keinen Ton mehr von sich gegeben. Ich vermute mal, dass die Kameras sowieso einen Akku haben und irgendwie präpariert sind, damit sie auch über Bluetooth mit Alexa kommunizieren können. Auf der anderen Seite der Leitung scheinen sie also fürs Erste zufrieden. Ich muss hier nur schnell wieder raus.

Ich habe die Türklinke in der Hand, als Manu die Tür von der anderen Seite aufdrückt. Sie hat ein knallbuntes Flickenhemd, einen kurzen Rock und schwere, knielange Strümpfe an, eine Mischung, die so schräg ist, dass ich nur mit dem Kopf schütteln kann.

"Es tut mir leid!", flüstert Manu und schiebt mich in mein Zimmer zurück.

"Lass mich, Manu!", knurre ich. "Ich habe jetzt echt keinen Bock… Lass mich einfach in Ruhe." Ich nehme ihre Hände, die sie um meinen Hals geschlungen hat, und schaue sie genervt an.

"Kapiert!"

"Es tut mir wirklich leid! Das war echt spießig von mir." Sie lacht schallend.

"Toll!", stoße ich zwischen den Zähnen hervor.

"Ja, sicher! War es! Und jetzt lass mich gehen! Ich muss wohin!"

"Wohin denn?"

In diesem Moment beginnt Alexa "Despacito!" von Luis Fonsi zu spielen.

Ich könnte das Echo-dot an die Wand werfen. Mein innerer Siegfried lächelt. Warum nicht, denkt er.

"Lass mich!", sage ich zu Manu schon etwas lauter.

Manu kapiert es nicht. Sie zieht mich zu sich ran und presst ihre Lippen mit aller Gewalt auf meine. Obwohl mich das nicht ganz kalt lässt, drücke ich sie grob von mir.

"Och, N-I-K-O!", sagt Manu gedehnt. "Wie oft soll ich mich noch entschuldigen?"

"Gar nicht!", knurre ich. "Ich habe nur keine Zeit! Das ist alles!"

Alexa hat im Hintergrund die Musik lauter gestellt. Toll, denke ich, ist das die Sorte Videos, die sich die Psychos im Darknet wünschen? Mädel versucht ihren zerknirschten Freund ins Bett zu ziehen.

Ich lasse Manu stehen und gehe zur Tür. Ich bin noch nicht bei der Tür angekommen, als sich

Manu von hinten an mich schmiegt. Ich drehe mich ruckartig um und muss feststellen, dass sie ihr Flickenhemd schon nicht mehr anhat.

"Geht's noch?", brülle ich sie an. "Bist du so bescheuert oder tust du nur so?"

Dann gebe ich ihr einen Schubs, der sie auf die Couch befördert.

Ich lasse geräuschvoll die Luft aus den Lungen. Warum kann Manu sich nicht EINMAL normal benehmen?

Als ich gehen will, beginnt Manu herzzerreißend zu schluchzen.

Ich schließe für einen Moment die Augen. Hab' ich ihr weh getan?

Das war wenig kooperativ, meldet sich Angelo.

Halt jetzt bloß die Fresse, denke ich mir.

Gewalt ist nicht die Lösung, meint Maria und Siegfried nickt ausnahmsweise zustimmend.

Manu schluchzt weiter. Sie tut mir leid und das ist sicherlich einer meiner größten Fehler, dass ich ein zu weiches Herz habe, dass ich es nur schwer ertragen kann, wenn jemand so heult wie Manu, noch dazu wegen mir. Aber besser, ich gehe jetzt, als mich wieder auf etwas einzulassen, was ich nicht möchte. Außerdem will ich nicht noch ein Video an Alexa schicken. Ich muss das beenden.

Ich trete in den Flur und schließe die Tür leise hinter mir. Mein Handy brummt erneut. Ich habe kein gutes Gefühl. Als ich die Whatsapp-Nachricht öffne, sehe ich das Oben-ohne-Bild von Beatrice. Mir sackt das Herz in die Hose. Wahrscheinlich bin ich käseweiß im Gesicht. Immerhin hat Beatrice nur ein einziges Nacktfoto auf ihrem Handy. "Geh zurück in dein Zimmer!", steht unter dem Foto. "Du solltest ein Filmchen drehen!"

Ich blicke zu meiner Zimmertür, hinter der ich leise das Schluchzen von Manu höre. Ich brauche Zeit, die ich aber leider nicht habe. Vermutlich stellen sie Beatrices Foto online, wenn sie merken, dass ich den WLAN-Bereich verlasse oder überhaupt das Haus verlasse, sicherlich haben sie meine GPS-Daten.

Angespannt bis zum Zerreißen schließe ich meine Tür vorsichtig wieder auf. Ich überlege hastig, welche Möglichkeiten ich habe. Dann sollen sie halt ihren Film bekommen, aber auf keinen Fall mit Beatrice. Ich gehe auf Manu zu und streichle ihr über die Wange. Ich komme mir vor wie ein Verräter. Ist Manu weniger wert als Beatrice?

Schließlich habe ich einen Gedanken. Wenn sie schon ein Video wollen, dann wenigstens eines, auf dem man unsere Gesichter nicht sieht. Ich überfliege hastig den Raum: Direkt vor der Couch sind wir schonmal vor der Kamera hinten im Eck neben der Spüle in Sicherheit. Bleibt nur die zweite Kamera diagonal gegenüber. Wenn ich dieser Kamera den Rücken zuwende, sehen sie uns praktisch nicht.

Das Gefühl, ein Verräter zu sein, wird dadurch nicht geringer. Es fühlt sich nicht gut an. Aber Manu scheint außer Versöhnungssex nichts im Kopf zu haben. Sex ist ihre Art, sich mitzuteilen. Als wir auf der Couch miteinander schmusen, befördere ich uns beide mit einer linkischen Bewegung auf den alten Teppich, damit ich Platz bekomme, mich so zu drehen, dass uns die Kamera nicht ins Gesicht schauen kann. Manu lacht, strampelt sich die Hose vom Leib und reißt sich mit einer Bewegung den Slip herunter. Dann öffnet sie mir den Reißverschluss.

Wir lieben uns, wobei ich mehr mit der Kamera beschäftigt bin als mit Manu. Tausend Gedanken kreisen durch meinen Kopf und während Manu aufschreit und sich gehen lässt, denke ich frustriert über die Tatsache nach, dass ich Manus Körper gerade an ein Verbrechersyndikat verkauft habe, online, ohne dass sie es weiß. Wir lieben uns, ja? Wo ist die Liebe geblieben?, frage ich mich, wenn sie je da gewesen ist.

Ich muss zu Kevin, vielleicht kann er helfen.

"Was ist mit dir?", fragt Manu, die meine Abwesenheit bemerkt hat.

"Alles okay!", sage ich. "Alles gut!"

Ich greife nach meiner Jeans, wende mich Manu zu, damit sie in meinem Sichtschatten bleibt und von der Kamera nicht gesehen werden kann. Manu interpretiert das allerdings falsch. Sie greift

73

nach mir. Ich zucke zurück, schüttele den Kopf und schlüpfe schnell in meine Jeans.

"Komm!", sage ich. "Ich bringe dich rüber!"

Raus, nur raus aus diesem verfluchten Zimmer, denke ich. Weg von Alexa, weg von der Totalkontrolle.

"Lass uns hier bleiben!", brummt Manu und will mich wieder zu sich ziehen.

"Komm!", sage ich zärtlich, "wenn Bernd kommt, bin ich wieder der Dumme!"

Ich ziehe sie einfach hoch, schnappe ihre Kleidung und ziehe sie zur Tür. "Du kannst mir mal einen Kaffee machen! Wie wär's damit?", sage ich scherzhaft, um sie auf andere Gedanken zu bringen.

Ihre Kleidung werfe ich Manu über die Schulter. Ich habe die andere Kamera, die neben der Spüle, nicht vergessen, in deren Blickfeld wir gerade stehen. Ich bin angezogen, aber Manu läuft noch mehr oder weniger nackt herum.

Als wir endlich bei ihr drüben sind, atme ich erleichtert auf.

Wir setzen uns auf ihr Bett. Vielleicht der falsche Ort, um mit Manu ein Gespräch zu führen.

Das Zimmer sieht genau so aus wie meines. Bett, geschrumpfte Küchenzeile und ein Sofa. Manu hat die Wände mit Postern afrikanischer Kultur geschmückt. Ein Poster fällt mir besonders auf. Es zeigt den afrikanischen Kontinent, über den ein orange-rotes Abendrot gelegt ist und von oben nach unten das Gesicht einer Gazelle, eines Löwen und einer afrikanischen Frau mit Halskette, Ohrschmuck und Kopftuch, das mit dem Abendrot verschwimmt.

Manu beugt sich zu mir. Ich wehre ihren Kuss ab.

"Was ist los mit dir, Niko!", sagt Manu. "Warum bist du so angespannt?"

"Schule!", lüge ich. "Ich muss noch was lernen!"

Manu glaubt mir das keine Sekunde lang. "Ich wette, es hat was mit der Blonden zu tun!" Sie legt den Kopf schief. "Hat es mit dem geklauten Handy zu tun?"

"Ich habe das Handy nicht geklaut!", sage ich genervt. "Ich habe es gefunden. Außerdem habe ich es Beatrice schon längst zurückgegeben."

"Beatrice heißt sie also!", sagt Manu. Ihr Blick wird finster. "Und ich?"

„Komm jetzt!", sage ich. „Du hast zu Alex gesagt, dass..." Ich halte inne. Kein guter Satzanfang. Aber Manu hat den Wink schon verstanden.

„So ist das nicht!", sagt sie. „Ich schlafe immer nur mit einem Typen. Ich habe nie mehrere Beziehungen am Laufen."

Ich brumme. „Manu!", beginne ich vorsichtig. „Für mich war das am Anfang einfach ein Scherz, vielleicht ein blöder Scherz, okay. Aber, na ja, du hast mich mehr oder weniger überrascht."

„Und vergewaltigt!", Manu lacht.

„Pff, vergewaltigt? Eher überrumpelt!" Ich lege ihr eine Locke hinters Ohr. „Ich bin ja selber schuld! Aber für mich ist das deswegen noch keine Beziehung. Ich fühle mich nicht verantwortlich für uns", ich zögere, „ich meine, als Paar. Kannst du das verstehen!"

Manu nickt. „Ist schon klar! War vielleicht alles ein bisschen schnell." Ich blicke sie erstaunt an. Verletzt scheint sie jedenfalls nicht zu sein. „Lass uns nochmal von Vorne beginnen", fährt sie fort und beugt sich wieder zu mir.

Mir fallen die Augen aus dem Kopf. „Von Vorne beginnen?" echoe ich und komme mir vor wie ein Papagei, der alles wiederholt. Mein Blick geht zur Seite. Wie komme ich aus diesem Zimmer wieder heraus?

„Schon okay, du brauchst mir nicht die große Liebe zu versprechen." Sie steht auf. „Willst du nun einen Kaffee?", fragt sie gedehnt.

Ich bin betröppelt. Manu tut mir leid. Sicherlich könnte ich mit ihr eine Beziehung haben, unkompliziert, reduziert auf das Wesentliche, wenn Sex das Wesentliche ist. Aber mir schwirrt nur Beatrice im Kopf herum. Ich denke an ihr Haar, an ihr Gesicht, ihren Duft. Das Wesentliche scheint anderswo zu sein. Als Manu mir einen Cappuccino bringt, werde ich langsam entspannter. Das liegt sicherlich auch daran, dass wir hier nicht unter der Daueraufsicht von Alexa sind. Ich denke an Kevin. Er muss mir unbedingt helfen, dieses Monster wieder aus meinem Zimmer zu bekommen.

Nach einer gefühlten Ewigkeit bin ich wieder drüben in meinem Zimmer. Ich muss kurz mein Portemonnaie und meine Jacke holen. Dann schnell zu Kevin.

Ich habe kaum die Tür hinter mir zugemacht, als Alexa sich meldet. "Ich möchte Beatrice Andrade! Hier in deinem Zimmer!"

Ich zucke zusammen. Hat sie schon alle Daten von Beatrice.

"Ich habe das Handy nur zufällig gefunden. Ist schon längst beim Fundbüro. Mehr als Manu habe ich nicht anzubieten."

Ich komme mir heute schon zum x-ten Mal vor wie ein Zuhälter, der Manu verkauft, online, versteht sich.

"Du wirst sie kennen lernen! Sie geht auch aufs Albert-Schweitzer-Gymnasium."

Wenigstens weiß Alexa nicht, dass ich und Beatrice uns schon kennen!

Was mir noch auffällt, ist, dass ich Alexa gar nicht mehr als "Alexa" ansprechen muss, damit sie mir antwortet. Wahrscheinlich ist das Ganze für diese Schweine wie eine Whatsapp-Unterhaltung.

"Vielleicht lerne ich sie kennen!", antworte ich.

"Vielleicht aber auch nicht!"

"Sicher! Nicht vielleicht!"

"So sicher ist das nicht!", beharre ich.

"Das wird schon!"

Arschloch, wer immer da auf der anderen Seite ist.

"Wir haben in der Oberstufe nur Kurse. Ich habe sie bisher noch nicht gesehen", lüge ich.

"Dann schau mal genauer hin!", kommt es von Alexa. "Sie ist im selben Chemiekurs!"

Habt ihr das auch schon gehackt?, frage ich mich. *Na ja, einen Schulserver zu hacken, wird keine große Kunst sein.*

Ich gehe zur Tür. Ich kann mich nicht länger auf diese Diskussion einlassen.

"Viel Glück!", tönt es von Alexa.

"Arschloch!", sage ich laut. Dann schlage ich die Tür hinter mir zu.

ALEX

Am nächsten Morgen steht Alex vor der Tür.

Was will der jetzt, denke ich. Ich bin froh, wenn ich seine Fresse nicht zu sehen bekomme. Schließlich war unsere letzte Begegnung für unsere Beziehung nicht sehr förderlich.

Aber Alex setzt seinen Dackelblick auf, ein Wunder, dass er das überhaupt kann, und wackelt von einem Bein auf das andere.

„Hi", sagt er. „Ich wollt' dich was fragen!"

„Nur zu!", sage ich.

„Ich habe nächstes Wochenende ein paar Kumpels zu Gast. Wollte fragen, ob zwei vielleicht bei dir übernachten können. Manu sagt, du bist nächstes Wochenende bei deinen Eltern.

Manu! Warum kann sie nicht ein einziges Mal ihre Klappe halten?

Ich blicke Alex an. Er weiß genau, dass ich nicht sonderlich gut auf ihn zu sprechen bin. Andererseits...

„20 Kröten", sagt Alex. „Ich geb dir 20 Kröten dafür!"

Wow, denke ich. Dann muss ihm das ja ziemlich wichtig sein.

„50", sage ich. „Zwei Personen, zwei Übernachtungen", rechne ich ihm vor.

Alex überlegt kurz. „Na gut, einen Fuffi!"

Ich frage mich, warum Alex so spendabel ist, aber es soll mir egal sein. 50 Euro für nichts! Kein schlechter Deal.

„Plus 50 Kaution!", sage ich.

„Was Kaution?", fragt Alex.

Alex hat das Wort Kaution vermutlich noch nie gehört.

„Du gibst mir 100 Euro, zwei Fünziger!", erkläre ich. „Wenn meine Bude noch steht, kriegst du 50 zurück. Ist was kaputt, gehen die anderen 50 auch an mich, kapiert!"

Alex runzelt die Stirn. Er hat Angst, dass er übers

Ohr gehauen wird.

„Das macht man überall so", erkläre ich ihm.

„Wenn deine Kumpels mein Sofa zerlegen, muss ich mir ja ein neues kaufen können."

„Die machen dir schon nichts kaputt!"

„Weiß ich's? Also 50 Kaution oder gar nicht. Frag halt Manu."

Damit ist für mich die Diskussion beendet. Ich will ihm die Tür vor der Nase zumachen.

„Warte! Von mir aus!", sagt Alex.

„O-k-a-y!", sage ich gedehnt und halte die Hand auf.

„Moment!", sagt Alex, spritzt zurück in sein Zimmer und kommt mit zwei Fünfzigern wieder zurück.

Ich nicke zufrieden.

„Den Schlüssel werfe ich dir in den Briefkasten", sage ich. „Bernd weiß Bescheid?"

„Ja, was sonst!"

Ich schließe die Tür. Ich muss mich noch waschen. Ich bin gerade dabei, mir kaltes Wasser ins Gesicht zu hauen, als sich Alexa hören lässt.

„Du kannst nicht wieder bei deinen Eltern einziehen!", tönt sie.

„Will ich auch nicht!"

„Deine Eltern haben Bernd mehrere E-Mails geschrieben. Sie bieten an, dass du wieder bei ihnen einziehen kannst. Aber das wirst du nicht tun."

Aha, denke ich, Alexa kennt hier das ganze Haus, jedes Handy, jeden Rechner. Ich will sowieso nicht bei meinen Eltern einziehen. Allerdings, überlege ich, das wäre eine Möglichkeit, Alexa loszuwerden.

Beatrice vermeidet auch die nächste Woche fast jeden Kontakt zu mir. Das war's dann, denke ich. Der 'Kleinkriminelle' wurde aus dem Lebensumfeld der Millionärstochter verbannt. Manchmal lässt es sich im Unterricht nicht vermeiden, dass wir fast nebeneinander sitzen. Sie versucht notorisch jeden Blickkontakt zu mir zu vermeiden, aber ich merke ihr an, dass es ihr schwerfällt. Die ganze Woche über schreibe ich Whatsapp-Nachrichten, wie „Lass uns reden!", „Hast du morgen Zeit", „Es tut mir leid. Ich hoffe, deinem Hund geht es gut", aber nichts tut sich. Immerhin hat sie mich nicht ganz aus ihren Kontakten gelöscht. Sie schaut sich die Nachrichten an.

Am Wochenende bin ich bei meinen Eltern. Sie zeigen sich versöhnlich, wollen, dass ich einziehe, aber ich lehne ab. Mein Argument, das Betreute Wohnen helfe mir bei der Selbständigkeit, können sie sogar nachvollziehen. Am Sonntagvormittag bin ich wieder in meinem Zimmer. Ich finde in der Spüle zwar noch ein paar Zigarettenstummel, aber ansonsten sieht mein Zimmer okay aus. Alex hat Wort gehalten, ausnahmsweise.

Ich bin auch noch keine 10 Minuten zurück, als Alex schon an der Tür steht.

„Die Kaution! Was?", sage ich, als ich seine übernächtigte Fresse sehe. „Hier!".

Ich reiche ihm den Fuffi. Damit ist das Ganze erledigt. Alex zieht zufrieden von dannen.

UNTER WASSER

Ich packe meine Schwimmsachen. Kevin und ich wollen heute ins Acquarena, gut mit der U1 zu erreichen.

Spontan schreibe ich Beatrice. „Kevin und ich gehen schwimmen. Sind ab 14:00 Uhr im Acquarena. Lust?"

Keine Antwort.

Kevin und ich gehen natürlich trotzdem hin.

Zuerst sind wir auf den Rutschen, dann am Fünfer, Auerbach üben. Als wir oben auf der Plattform stehen, deutet Kevin zu einer Gruppe Jungs und Mädels vom Schwimmverein, die schon seit bestimmt einer Stunde auf der 50-Meter-Bahn ihre Runden drehen. Jetzt treten sie gerade zu zweit gegeneinander an.

"Verdammt schnell, Digger!", meint Kevin.

„Komm!", sage ich, „wir machen auch ein Wettschwimmen."

Wir kommen gerade an den Beckenrand, als zwei Schwimmer losschwimmen.

„Die kriegen wir!", rufe ich Kevin zu und wir stürzen uns neben dem roten Absperrseil des Schwimmvereins ins Wasser. Neben mir sehe ich schemenhaft das Mädchen, nebendran, schon eine Kopflänge weiter vorne, den Jungen.

Kevin und ich geben alles. Während Kevin langsam links an mir vorbeizieht, nimmt das Mädchen mir bis zum gegenüberliegenden Beckenrand fast eine ganze Körperlänge ab.

„Fuck!", sage ich, als ich kurz nach Kevin an den Beckenrand anschlage. „Wieso bist du schneller als ich!"

Kevin blickt mich an, dann beginnt er zu grinsen. Ich merke sofort, dass sein Blick nicht mir gilt und fahre herum.

Beatrice! Sie hat gerade ihre Badekappe und ihre Schwimmbrille abgezogen und schüttelt ihre blonde Mähne.

Ich blicke sie an wie ein Mondkalb. In diesem Moment legt der Junge neben ihr seine Hand auf ihre Schulter.

„Hast du gedacht, du könntest mich abziehen, was?", sagt er lachend.

Beatrice blickt mich an, zögert einen Moment, dann dreht sie sich zu ihm herum.

„Tu nicht so, Ralf!", sagt sie, „du siehst ziemlich abgekämpft aus!"

Ich starre die beiden an!

„Was gibt's da zu glotzen, meint Ralf!"

„Kümmer dich um dich selbst!", sage ich.

Offenbar hat Ralf Beatrices kurzen Schockzustand mitbekommen.

„Ist das der Arsch, der dich ständig belästigt?"

Ständig belästigt?, denke ich. Was hat Beatrice ihm erzählt?

Beatrice kommt nicht zu einer Antwort. Ralf ist vermutlich Experte im Lesen von Gesichtsausdrücken.

Er schiebt Beatrice plötzlich beiseite und will mir in die Eier treten. Ich kriege seinen Fuß zu fassen und gebe ihm eine ins Gesicht. Wir rangeln im Wasser, während Beatrice und Kevin versuchen, uns auseinanderzubringen.

Als Ralfs Trainer schließlich ins Wasser greift, kriegt er mich an den Haaren und am Arm zu fassen. Er zieht mich auf den Beckenrand. Ralf schlägt immer noch zu. Glücklicherweise kann ich ihm mit meiner Ferse direkt eine unter die Nase geben. Er blutet.

Beatrice steht immer noch unter Schock.

Der Trainer lässt mich los.

„Der hat angefangen!", sage ich aufgebracht.

„Beatrice?!", knurrt der Trainer, während sich Ralf aufs Trockene zieht, den Kopf in den Nacken legt und sich die Nase festhält. Er schielt zu Beatrice, die ihm einen wütenden Blick zuwirft.

„Das stimmt!", sagt Beatrice leise. Ralf entfernt sich kopfschüttelnd. Die anderen Schwimmer schauen ihm entgeistert nach.

Mittlerweile ist auch der Bademeister gekommen.

„Noch so ein Ding und du fliegst raus!", knurrt er.

„Man wird sich ja noch wehren dürfen!", sage ich.

„Ralf!", sagt der Trainer nur. Der Bademeister nickt.

War wohl nicht sein erster Ausraster, vermute ich. So ein Vollidiot! Will den großen Beschützer spielen.

„Komm, Niko!" Kevin ist immer noch im Wasser.

Ich springe zu ihm hinunter. Dann schwimmen wir auf die Seite.

„Was war das denn?", meint Kevin.

„Der Vollidiot hat mich unter Wasser getreten!"

„Pisser!", ergänzt Kevin.

Wir machen uns auf in den Whirlpool, der im Außenbereich liegt, um ein bisschen zu entspannen. Ich bin ziemlich stinkig auf Beatrice. Hat sie Ralf auch Ammenmärchen vom bösen Niko erzählt?

Wir hängen gerade an den Düsen, als Kevin plötzlich auffährt.

Ich folge seinem Blick.

Beatrice! Sie kommt gerade auf den Whirlpool zu.

„Ich lass' euch dann mal alleine!", sagt Kevin.

„Die will sicherlich nicht zu mir!"

Kevin grinst nur. Er hat einen unzerbrechlichen Glauben an den Sexualtrieb.

Ich bleibe im Whirlpool liegen, auf der abgeflachten Seite, wo man den Nacken an den Beckenrand hängen und in den blauen Himmel starren kann.

Ich bemerke, wie Beatrice den Platz neben mir besetzt.

„Es tut mir leid!", sagt sie.

Ich antworte nicht.

„Er hat nur mitgekriegt, dass du mir auf Whatsapp schreibst, sonst nichts!"

Ich sage immer noch nichts.

Plötzlich spüre ich ihre Hand an meinem Arm.

Ich wälze mich herum und blicke in ihre Augen, die mir sehr viel blauer als der Himmel erscheinen. Es scheint ihr wirklich etwas auszumachen.

Endlich, meint Siegfried. *Mach sie klar!*

Langsam, meint Angelo, *wir haben sie schon genug gekränkt!*

Gekränkt? Siegfried ist empört. *Sie geht uns doch schon seit Wochen aus dem Weg!*

Und der Hund?, gibt Angelo zu bedenken.

Der hätte uns fast die Eier abgebissen. Siegfried ist außer sich. *Kann dem nicht jemand mal die Fresse stopfen.*

Kinder!, schaltet sich Maria ein.

Mir gehen tausend Gedanken gleichzeitig durch den Kopf, während Beatrice und ich uns anblicken. Die Zeit steht still. Selbst der Lärm im Schwimmbad scheint wie abgeschaltet.

Sag ihr etwas zu ihren Augen, beginnt Angelo erneut.

Klappe! Sag ihr etwas zwischen ihren Beinen!

Ich versuche die beiden abzuschalten.

Beatrice hat meinen Arm noch nicht losgelassen. Jetzt streiche auch ich ihr über den Arm. Im nächsten Moment ziehe ich sie zu mir herüber.

Wir küssen uns unter Wasser, über Wasser, im Rausch der aufsteigenden Luft, rangeln miteinander.

Schließlich müssen wir beide Luft holen. Wir keuchen, während eine ältere Frau missmutig den Whirlpool verlässt. Vermutlich fühlt sie sich belästigt oder daran erinnert, dass sie auch einmal jung war.

Runde zwei beginnt. Wir lachen uns an, dann fallen wir übereinander her.

Als sich meine Erregung kaum noch verbergen lässt, drückt mich Beatrice weg.

„Nicht hier!", flüstert sie.

Bei mir zu Hause geht es nicht, denke ich. Allerdings habe ich auch keine Lust auf Sex im Schwimmbad. Schließlich gibt es auch hier Kameras. Alle Schwimmbecken können vom Bademeisterbüro aus überwacht werden.

Noch einen Versuch, komm!, meldet sich Siegfried.

Alles hat seine Zeit, meint Angelo.

Ich weiß selbst nicht, was ich will.

„Mein Vater!", beginnt Beatrice plötzlich. „Er hat mir verboten, mich mit dir zu treffen."

Dachte ich's mir.

„Ich würde mich nicht wundern, wenn er Ralf über uns ausfragt. Unsere Familien kennen sich."

Meine Stimmung geht in den Keller.

Beatrice merkt das sofort. „Meine Familie ist langweilig. Jeden Sonntag irgendwelche Kaffeekränzchen mit irgendwelchen angesagten Familien, dem Bürgermeister, auch mit Krauter."

"Mit der Schulleitung?", frage ich entgeistert.

Beatrice nickt.

„Beziehungen zu haben, muss ja nicht nur von Nachteil sein", wage ich anzumerken.

Und Ralf", fährt Beatrice fort, „nur weil wir einmal gemeinsam Tanzen waren, denkt er, ich will was mit ihm."

„Beruhigend!" Ich grinse. Dann ziehe ich sie unter Wasser. Dort küssen wir uns erneut.

Auf dem Nachhauseweg will Beatrice unbedingt zu mir ins Betreute Wohnen. Offenbar denkt sie, das Ganze ist eine Art Schlaraffenland, wo jeder machen kann, was er will. Keine Eltern, keine Tabus!

Ich weiß es besser. Alexa sitzt zu Hause wie die

Spinne im Netz und wartet nur darauf, dass sie
Beatrice einfangen kann. Ich will ihr den Besuch
bei mir im Betreuten Wohnen ausreden, aber
nichts hilft. Soll ich ihr mein Geheimnis
preisgeben? Alexa hat schon ein Oben-ohne-Foto
von ihr, denke ich. Dann müsste ich ihr das auch
sagen. Ich kann nicht. Schließlich gebe ich doch
nach und wir laufen zu mir.

"Okay!", sage ich, "aber ich kann heute nicht mit
dir schlafen!"

"Hast du deine Tage?", fragt Beatrice und grinst.

Alexa hat ihre Tage, denke ich.

"Nein!", ich merke, wie ich herumdruckse, "tu
mir einfach einen Gefallen. Tu so, als ob du auf gar
keinen Fall mit mir ins Bett willst!"

Beatrice sieht mich an, als käme ich vom Mars.
"Hast du schon so viele flachgelegt, dass du gerne
mal eine Abfuhr bekommst."

Jetzt sag bloß nicht 'ja', meint Siegfried.

Vielleicht bekommt mal die Romantik ein Zeitfenster,
beschwert sich Angelo.

Ja, denke ich, die Romantik bekommt definitiv
ihr Zeitfenster.

Also schleichen wir in meine Wohnung! Ich
hoffe, Manu ist nicht da. Auf ihre spontanen
Einfälle kann ich heute Abend gerne verzichten.
So, wie es aussieht, haben wir Glück. Jedenfalls
höre ich nichts hinter Manus Zimmertüre.

Ich schließe auf. Beatrice schaut sich neugierig

um.

"Dein Zimmer ist sicherlich schöner!", sage ich und denke dabei an die Jugendstilvilla ihres Vaters: 4 Meter hohe Decken, breite Fensterfront, ihr Kinderzimmer bestimmt über 20 Quadratmeter groß und alles Vollholzmöbel, wer weiß, vielleicht sogar Designer-Möbel.

"Gemütlich!", sagt Beatrice und lässt sich aufs Sofa fallen.

Ich hole tief Luft. Gerne würde ich jetzt auf Alexa verzichten. Kaum habe ich mich zu Beatrice gesetzt, fängt Alexa zu spielen an. "Wir ziehen durch die Straßen und die Clubs dieser Stadt, Das ist unsre Nacht, wie für uns beide gemacht, Oh-oh…"

Innerlich breche ich zusammen. Diese Idioten, irgendwo da draußen, können die nicht einfach mal die Finger weglassen.

Beatrice fängt laut zu lachen an. "Dein Lieblingslied?"

"Halt dich an unsere Vereinbarung!", flüstere ich so leise wie möglich und blicke Beatrice verschwörerisch an. Alexa darf mich nicht hören.

Beatrice hält mich vermutlich für total bekloppt. Sie hat einen Blick, so von unten nach oben und lächelt schelmisch in sich hinein.

Gott sei Dank, denke ich. Ich muss das hier so schnell wie möglich hinter mich bringen und: vor allem so authentisch wie möglich.

Ich fange an ihr die blaue Bluse aufzuknöpfen. Als sie nicht reagiert, schaue ich sie eindringlich an und ziehe meine Augenbrauen nach oben.

Beatrice hat die Botschaft verstanden. "Nein!", sagt sie schnippisch und grinst. "So schnell kriegst du mich nicht ins Bett!"

Innerlich atme ich auf. Mach weiter so. Wir müssen hier raus!

"Komm schon!", sage ich stattdessen, aber mein Blick ist immer noch eine Warnung an Beatrice. Halt das jetzt bloß durch!

Scheiße, meldet sich Siegfried. *So ein bescheuertes Date! Das ist echt für die Tonne.*

Ausnahmsweise stimme ich ihm da voll zu.

Als Nächstes streiche ich Beatrice über ihre Beine. Sie hat nur einen Rock an, der kaum über die Knie reicht. Ich drehe mich so, dass mich die Kameras besser sehen können. Schließlich will ich, dass die mir nachher auch glauben.

Ich ziehe Beatrices Kopf mit einer Hand zu mir und küsse sie. Mit der anderen fahre ich unter ihrem Rock hinauf.

Sie hält sofort meinen Arm fest und schüttelt den Kopf. "Nein!", sagt sie spitz.

Ich grinse.

"Sei kein Spielverderber!", sage ich laut. "Im Schwimmbad waren wir doch auch fast nackt!"

Ich mache weiter. Plötzlich zieht Beatrice mit einem Ruck ihre Bluse über den Kopf.

Fuck! Lass das!, denke ich.

Ich versuche ihr mit meinen Augen krampfhaft zu vermitteln, dass das nicht unsere Abmachung war, aber sie hat wohl keinen Bock mehr auf unser Spielchen.

Sie zieht mich zu sich und will sich an meiner Jeans zu schaffen machen.

Ich bin mit meinen Lippen direkt an ihrem Ohr. "Vertrau mir!", flüstere ich kaum hörbar. "Zieh dich an!"

Damit habe ich bei Beatrice vermutlich einen Schalter umgelegt. Sie blickt mich plötzlich düster an, drückt mich weg und steht auf.

In diesem Moment klopft es.

Manu! Sie wartet natürlich nicht, bis jemand 'herein' sagt, sondern reißt unmittelbar die Tür auf.

Beatrice steht noch nackt da.

Shit!

Kaum steht Manu im Türrahmen, reißt Beatrice ihre Bluse vom Sofa und zieht sie sich an.

"Verdammt, Manu!", schreie ich fast schon hysterisch. "Niemand hat 'herein' gesagt! Kannst du nicht einfach mal warten?"

"Das ist also deine Flamme!", sagt Manu und starrt Beatrice an. "Nicht schlecht!"

"Verschwinde!", sage ich.

"He!", sagt Manu, "im Bett ist er echt 'ne Wucht!"

"Keine Ahnung!", sagt Beatrice trocken, aber ich sehe, dass sie mehr als angepisst ist.

"Raus!", schreie ich und schiebe Manu vor die Tür.

"Hat er dich noch nicht einmal flachgelegt!", ruft Manu, während ich die Tür mit Gewalt zuziehe.

Ich lasse mich gegen die Zimmertür sinken und atme geräuschvoll aus. "Das Paradies ist es hier nicht, wie du siehst!", sage ich, um Beatrice irgendwie zu besänftigen.

"Für jemanden wie dich vielleicht schon!", knurrt Beatrice, nimmt ihre Schwimmtasche und reißt die Tür auf.

Was will sie damit sagen? Ist das eine Anspielung an mein vermeintliches 'Kriminellendasein'?

"Beatrice!" Ich stürze ihr hinterher.

"Nein!", sagt sie und blickt mich feindselig an. Sie hat Tränen in den Augen. Dann schüttelt sie den Kopf und geht.

Ich weiß, dass ich ihr jetzt sowieso nicht hinterherlaufen kann. Das würde alles nur noch schlimmer machen.

Manu!, du Arschloch! Ich stürme in mein Zimmer und knalle die Tür hinter mir zu. "Scheiße!", schreie ich.

DROGEN

Kevin hat nichts herausfinden können. Zwar ist es ihm gelungen, ins Darknet zu gehen, aber das Video von Manu und mir ist ihm noch nicht untergekommen.

Beatrice ist wieder schlecht drauf. Ich muss das unbedingt klären.

Am Montag in der Mittagspause geht sie mit Freundinnen in den nahe gelegenen Stadtpark. Ich laufe in einigem Abstand hinterher.

Linda, eine meiner Mitschülerinnen, ist die erste, die bemerkt, dass ich der Mädchengruppe folge. Sie spricht daraufhin Beatrice an, die in meine Richtung blickt, dann wieder wegschaut. Die anderen Mädels reden auf sie ein. Tatsächlich lassen sie Beatrice an einer Parkbank zurück. Offenbar haben sie sie überzeugt, dass sie mit mir reden soll. Das ist das erste Mal, dass ich einer Mädchenclique dafür dankbar bin, dass sie ununterbrochen miteinander reden können und sich alles erzählen.

Ich habe also eine Chance bekommen. Kaum sind die anderen Mädels weg, gehe ich direkt auf Beatrice zu und setze mich neben sie.

„Können wir kurz reden?"

Beatrice antwortet nicht.

„Es ist...", beginne ich. „Wir werden in meinem Zimmer... Alexa, das Echo-dot, ist gehackt worden. Die kriegen alles mit."

Beatrice dreht sich zu mir und blickt mich an.

„Das Echo-dot? Die können uns hören?“

Ich nicke. Nicht nur das, denke ich, aber ich sage nichts.

„Es hat mit Manu nichts zu tun!“

„Aber mit ihr warst du im Bett!“

Ich hole tief Luft. Ich nicke. „Aber das ist vorbei! Das war auch nie etwas Ernstes. Wir sind halt Zimmernachbarn.“

„Oh!“, sagt Beatrice aufgebracht, „das ist ja nur eine Tür, dann kann man ja auch Sex miteinander haben.“

„Können wir das nicht einfach hinter uns lassen? Manu ist ein wenig durchgeknallt. Das hast du doch selbst gesehen. Sie will dich nur eifersüchtig machen und offenbar ist ihr das auch gelungen.“

Ich streiche Beatrice über den Arm. Sie blickt mich an. Dann rückt sie auf mich zu.

Ich bin erleichtert.

Nach der Schule begleitet Beatrice mich nach Hause.

Endlich, meint Siegfried.

Nur Flirt, meint Angelo, *alles andere ist zu gefährlich.*

Ich überlege, was ich tun kann. Wenn es wirklich dazu kommt, müssen wir halt unter die Bettdecke. Alexa wird sich beschweren, aber egal. Vielleicht ist Beatrice dann beruhigt, sie hat nicht mehr das Gefühl, dass Manu ihr etwas voraushat, nämlich Sex mit mir in meinem Zimmer. Mühsam, das alles! Scheiß Alexa!

Wir kommen bei mir an. Seltsamerweise parkt ein Polizeiauto vor dem Betreuten Wohnen. Alex, denke ich.

Als wir die Tür unten aufschließen, kommt mir schon Bernd entgegen. Sein Gesichtsausdruck ist eine Mischung aus Wut und Verunsicherung.

Ich grinse ihn an. „Alex?", frage ich.

„Alex? Fünf Kilo Kokain unters Sofa geklebt, ja, aber nicht bei Alex, sondern bei dir!"

Ich werde blass. Ich habe kein Kokain im Zimmer. Hinter Bernd erscheint ein Polizist.

„Das kannst du dann gleich den Beamten erzählen", knurrt Bernd. „Herr Mandrid", er deutet auf den Polizisten, der gerade die Treppe herunterkommt, „hat sicherlich ein paar Fragen an dich."

In diesem Moment lässt Beatrice meine Hand los, blickt mich wutentbrannt an und scheuert mir eine.

„Du Idiot!", brüllt sie.

Ich blicke zu Bernd. Ich bin verzweifelt. Dann rattern meine Gedanken. Wie, zum Teufel, kommen 5 Kilogramm Kokain in mein Zimmer. Und mit einem Mal wird mir alles klar. Alex, du Arschloch!

„Alex!", sage ich zu Bernd. „Der hat sich extra letztes Wochenende mein Zimmer geliehen."

„Wieso weiß ich davon nichts?", knurrt Bernd.

„Er hat gesagt, er würde es dir sagen!"

Ich drehe mich zu dem Polizisten. „Ich deale nicht mit Kokain. Ich nehme es ja nicht einmal."

Herr Mandrid nickt, ich sehe ihm an, dass er mir nicht glaubt.

„Man wird sehen!", sagt er. „Interessant ist jedenfalls, dass sie ihr Zimmer mit Kameras überwachen!"

Bernd dreht sich zu mir. Seine Augen quillen hervor. Er ist perplex. Unmerklich schüttelt er den Kopf.

„Kameras?"

Ich atme geräuschvoll aus. Mir fällt nichts ein.

„Die Kameras enthalten seltsamerweise keine Speicherkarte!", sagt Mandrid. „Wir müssten Ihr Handy leider mitnehmen."

„Das Handy?"

„Seien Sie froh, dass wir Sie nicht mitnehmen!"

Ich überreiche mein Handy.

„Sie kommen mit mir aufs Revier, während hier noch Spuren gesichert werden", sagt Mandrid. „Ich vermute mal, dass sie nichts Außergewöhnliches vorhaben, da sich Ihre Begleitung ja gerade verabschiedet hat."

Arsch! Ich blicke zu Bernd. Der zuckt mit den Schultern.

„Das wird deine Eltern nicht gerade freuen!", meint Bernd.

„Ich war's nicht!"

„Hoffen wir's!"

Der Polizist nickt Bernd zu, dann schiebt er mich nach draußen.

Mir geht Beatrice nicht aus dem Kopf. Ein ständiges Wechselbad! So ein Mist! Sicherlich denkt sie, ich hätte sie angelogen, dass es ganz andere Gründe hatte, warum ich nicht mit ihr schlafen wollte. In ihren Augen bin ich nicht nur der Elternverprügler und der schwanzorientierte Macho, der seine Zimmernachbarin flachlegt, nein, dank Alex, bin ich jetzt auch noch der polizeigesuchte Drogendealer. Ich fasse es nicht.

Im Polizeirevier gebe ich an, was ich weiß, nämlich praktisch nichts.

Während ich noch in dem fensterlosen Befragungszimmer sitze, öffnet sich plötzlich die Tür. Ein Kollege von Herrn Mandrid kommt herein, blickt mich kurz an, dann tuschelt er mit Mandrid und nimmt ihn mit nach draußen.

Keine fünf Minuten später ist Mandrid wieder da. Seine Gesichtszüge haben sich aufgehellt.

„Wie haben Sie das gemacht?", fragt er.

„Was?", frage ich nervös.

„Wir haben eben ein Video erhalten, dass eindeutig beweist, dass Ihr Zimmernachbar das Kokain unter Ihrem Sofa angebracht hat."

Alexa, denke ich. An sie hatte ich gar nicht mehr gedacht. Alex hat mit seiner Aktion diesen Cyber-Kriminellen ans Bein gepinkelt. Ich bin erleichtert.

Wenigstens dieses eine mal war Alexa zu etwas nutze.

"Also! Wie haben Sie das gemacht?"

Ich zucke mit den Schultern. „Privatsache!"

Mandrid legt den Kopf schief. „Privatsache!", wiederholt er und nickt. „Hoffen wir, dass es bei einer Privatsache bleibt!", sagt er bedrohlich. Sie können gehen!"

VERSÖHNUNG

Am nächsten Tag kurz vor Unterrichtsbeginn suche ich Beatrice. Sie steht mit ein paar anderen Mädels vor dem Haupteingang. Ich gehe direkt auf Beatrice zu.

„Sie haben Alex festgenommen!", sage ich rundheraus, auch wenn die anderen Mädels mich entgeistert ansehen.

„Lass mich in Ruhe!", zischt Beatrice.

„Okay!", sage ich, ein bisschen Selbstachtung besitze ich ja auch noch. „Aber wenigstens solltest du wissen, dass ich mit der Sache nichts zu tun hatte!"

Ich drehe mich weg und lasse Beatrice stehen. Um ihre Liebe betteln? Auf keinen Fall! So weit werde ich mich nicht erniedrigen. Ich denke an ihren Vater. Wahrscheinlich kämpfe ich an drei Fronten gleichzeitig: Einerseits ist da Manu und Alex, die alles kompliziert machen, dann Alexa und schließlich noch Beatrices Vater, der andere Schauermärchen über mich erzählt. Wer will schon gerne mit einem Schwerverbrecher zu tun haben?

Nach dem Handball-Training sitze ich zu Hause auf meiner Couch und blase Trübsal. Ich habe keinen Bock auf Zocken, keinen Bock, mit Kevin zu reden, einfach auf nichts. Ich will Beatrice zurückhaben.

„Wir sollten hier niemanden mehr übernachten lassen!", tönt plötzlich Alexa.

Ich zucke zusammen. Dann bricht meine ganze Wut durch. „Vielleicht solltet ihr euch endlich mal verpissen!", schreie ich.

„Wir haben eine bessere Idee!", sagt Alexa. „Morgen bekommst du genaue Infos!"

„Ich scheiß' auf eure Infos!", schreie ich und werfe ein Kissen gegen Alexa. Sie fliegt von der Wand, wo ich sie angebracht hatte. Ich fahre zusammen, springe auf und schließe sie wieder an den Strom an. Ich will auf keinen Fall, dass Beatrices Fotos irgendwo veröffentlicht werden.

Ich zücke mein Handy und gehe auf Whatsapp. „Ich habe keine Drogen vertickt, ich nehme noch nicht einmal Drogen!", tippe ich. „Ich bin Leistungssportler!"

Keine Antwort.

Aber es stimmt. Ich trainiere 3-mal Handball pro Woche, es reicht für die Bezirksliga. Ist das noch kein Leistungssport?

„Sag mir wenigstens, was sich plötzlich für dich verändert hat. Ich will es wenigstens verstehen. Mehr nicht. Danach kannst du deine eigenen Wege gehen."

Keine Antwort.

„Ich habe dir das mit meinen Eltern erklärt, auch das mit Manu. Bin ich in deinen Augen schon ein Schwerverbrecher? Meine Eltern wollen übrigens schon lange, dass ich zurückkomme."

Mehr Argumente möchte ich nicht auffahren, aber immerhin habe ich nicht gelogen. Warum ist Beatrice immer nur so schnell sauer. Töchter kommen nach ihren Vätern, wenigstens charakterlich, kommt mir in den Sinn. In Beatrices Fall wäre das der Wahnsinn. Ein Engel mit dem Charakter eines Arschlochs. Aber so ist sie nicht. Sie ist ja auch von ihrem Vater genervt.

Ich lasse mich ganz aufs Sofa sinken und starre an die Decke.

Es klingelt. Ich schrecke auf. Wieder Polizei?

Als ich die Treppe hinuntergehe, sehe ich Beatrice vor der Glastür, die ins Foyer führt.

Ich rase nach unten, nehme mehrere Stufen gleichzeitig und reiße die Tür auf. Beatrice stürzt in meine Arme, endlich!

„Lass mich nie mehr so lange warten!", flüstere ich. Dann küssen wir uns leidenschaftlich. Ich kriege kaum noch Luft. Beatrice hingegen kann offensichtlich Minuten ohne Luft auskommen, dank Leistungsschwimmen.

Während wir uns aneinander berauschen und die Treppe hinaufstolpern, macht mir wieder Alexa einen Strich durch die Rechnung. Sie beginnt „Atemlos" zu spielen.

Beatrice lacht. „Hast du die vorprogrammiert!"

Ich lächle bitter. „Das Gerät spinnt manchmal!"

Ich denke an mein Zimmer, die Kameras, mein Bett, die Bettdecke, ich muss Beatrice davor bewahren, unfreiwillig einen Softporno zu drehen.

Ich drücke sie aufs Bett, haue die Bettdecke über uns und beginne damit, sie auszuziehen. Beatrice spielt mit, vielleicht weil ich das gerade nicht angekündigt habe. Gott sei Dank!

Schließlich liegen unsere nackten Körper aneinander.

Zur Sache!, meldet sich Siegfried. *Wer weiß, ob wir eine zweite Chance kriegen. Denk an den Alten!*

Wir haben Zeit!, meint Angelo und ich gebe ihm Recht. Ich habe es nicht eilig.

„Ich habe nichts mit!", flüstert Beatrice.

Ich auch nicht, denke ich. Manu hat bestimmt eine ganze Gummi- und Dildo-Sammlung, aber sie ist die Letzte, die ich darum bitten würde. Und Alex? Nicht einmal im Traum denke ich daran.

„Kein Problem!", sage ich. „Wir müssen ja nicht!"

„Ich will aber!", sagt Beatrice. „Alle reden davon.

Ich will endlich mitreden können!"

„Ist es das?"

Beatrice nickt. Sie blickt zur Seite, sie überlegt. „Gestern waren meine Tage vorbei. Es müsste also heute noch sicher sein!"

Gut, denke ich, während sich Siegfried schon die Hände reibt. Ich habe im Biologie-Unterricht auch aufgepasst. Vermutlich kann Beatrice heute nicht schwanger werden. Was mich daran stört: das 'vermutlich'!

Aber bevor ich meine Gedanken sortiert habe, hat Beatrice schon für Fakten gesorgt. Ich atme schwer auf. Beatrice hält mir den Zeigefinger vor den Mund. Denkt sie, Alexa zeichnet unser Gestöhne auf? Ich habe ein schlechtes Gewissen. Keine guten Voraussetzungen, um Sex zu genießen.

Wir bewegen uns langsam. Beatrices Augen beginnen zu leuchten. Sie ist so verdammt schön! Es braucht nicht lange, bis ich Alexa vergesse und mich ganz auf Beatrice konzentriere. Schließlich gibt sie einen spitzen Schrei von sich, hält sich nach ihrem Höhepunkt die Hand vor den Mund und lacht.

„Du bist so schön!", flüstere ich. Beatrice schmiegt sich an mich.

So könnte ich sterben, denke ich.

DAS ROTE ZIMMER

Am nächsten Morgen, als ich meine E-Mails kontrolliere, habe ich eine E-Mail mit unbekanntem Absender. Alexa?!

Ich öffne die Mail.

„Heute, 18:00 Uhr, Bahnhofstraße 148, 3. OG, links! Alleine!"

Ich starre auf das Display. Werde ich jetzt die Cyber-Kriminellen kennen lernen? Ich habe einerseits Angst, andererseits bin ich neugierig. Die Hoffnung, dass ich Alexa vielleicht bei mir in den Mülleimer befördern kann, ohne Risiko für Beatrice, lässt sowieso alle Schranken fallen. Ich werde dort hingehen, koste es, was es wolle.

Um Punkt 18:00 Uhr finde ich mich in der Bahnhofstraße 148 ein. Das Gebäude ist ein altes Backsteinhaus, die Fassade, vor allem aber die Fenster, wirken heruntergekommen. Hier wohnen sicherlich nicht die Yuppies und Künstler.

Die schwere Außentür ist offen. Der Flur dahinter in schwarz-weißem Schachbrettmuster gefliest, rechts die blechernen Briefkästen, weiter hinten geht es hinaus auf einen Innenhof. Dort stehen die Mülltonnen. Sie quellen über.

Das alte Treppenhaus ist ganz aus Holz, die Stufen abgetreten, ihre ehemals kaminrote Farbe ist nur noch an den Rändern zu erkennen.

Ich verziehe die Mundwinkel und gehe nach oben. Hier kann man nicht hochschleichen. Jede Stufe knarzt, als ging es um ihr Überleben. Unter der Klingel im 3. Stock links ist kein Namenschild. Hätte mich auch gewundert.

Mir öffnet eine junge Frau: schwarzes, langes Haar, strichdünne Augenbrauen, klatschroter Mund, eigentlich hübsch, wäre da nicht die Kleidung. Ein rotes Lederjäckchen, darunter nichts, ein Mini-Rock, der die Bezeichnung Rock nicht mehr verdient hat, rote High-Heels.

Und bei ihrem Anblick wird mir schlagartig bewusst, dass ich heute keine Cyber-Kriminellen kennen lernen werde, sondern dass dies eine Einladung zum Filmedrehen ist. Nebenberuf: Pornodarsteller!

Wir blicken uns in die Augen. Ich zögere.

Die junge Frau packt mich am Arm. „Komm!", sagt sie mit russischem Akzent.

Widerwillig komme ich ihrer Aufforderung nach. Hinter mir fällt die Tür ins Schloss. Die Wohnung ist nicht besser als das, was ich bisher schon gesehen habe. Eine heruntergekommene Küche, eine versifftes Wohnzimmer, ein trostloser Flur mit nichts.

„Kalinka!", sagt die Schwarzhaarige und deutet auf sich. „Weißt bescheid?"

Nix weiß ich, aber ich kann es mir denken. Ich zucke mit den Schultern.

„Film?"

Kalinka nickt. Sie führt mich in eines der hinteren Zimmer. Ich bin überrascht. Das Zimmer sieht hübsch aus: ein riesiges Bett mit einem aus gestepptem Stoff bestehenden Kopfende, das wie eine Welle aussieht. Ein in Kaskaden aus lila Samt herunterhängender Betthimmel, in den ein Spiegel eingelassen ist, eine mit Samt bezogene Truhe davor, eine rote Tapete mit goldenen Rosen. Möbel, Vorhänge, alles in Dunkellila.

Leider ist es kein Ort zum Hausaufgabenmachen, sondern schlicht und einfach ein Bordellzimmer.

Bevor ich etwas sagen kann, geht Kalinka an eines der mit Samt bezogenen Nachttischchen und holt ein Bündel Scheine hervor.

„Hier!", sagt sie und winkt mit den Scheinen. „1000 Euro, wenn wir fertig sind!"

1000 Euro! Das ist nicht wenig Geld, macht mir aber auch klar, was erst die Cyber-Kriminellen mit diesem Video an Geld verdienen werden. Ich denke an Beatrice. Ich will das alles nicht! Wie komme ich hier wieder heraus? Scheiß Alexa!

„Ausziehen!", unterbricht Kalinka meine Gedanken. „Hinknien!"

Ich suche nach der Kamera. Ich brauche nicht lange, um zu erkennen, dass die beiden Delphine, die über dem Kopfende des Bettes angebracht sind, statt Augen eine Kameralinse eingebaut haben.

Kalinka stellt sich hinter mich. „Da Kamera!", sagt sie.

„Ich weiß!", knurre ich, aber ich bin verzweifelt.

Halb so wild, meint Siegfried. *Besorgen wir's ihr. Tausend Steine. Gerne wieder.*

„Du selbst, jetzt!", sagt sie und greift mir zwischen die Beine. Ich zucke zusammen. „Nie gemacht?"

Ich schüttele sie weg. Offenbar soll ich mich selbst erregen. Ehrlich gesagt keine Kleinigkeit unter diesen Bedingungen.

Unter Kalinkas Anleitung mache ich allen möglichen Kram, der genauso pervers ist wie die ganze Situation, mal alleine, mal mit ihr. Ich komme mir unglaublich gedemütigt vor. Irgendwann mutiere ich zur Maschine. Ich will das nur noch hinter mich bringen. Das einzige, was mich aufrecht hält im wahrsten Sinne des Wortes ist das Geld, 1000 Euro, und die Tatsache, dass dadurch Beatrice von all dem Scheiß verschont bleibt.

Als ich das Zimmer verlasse, bin ich nicht mehr derselbe Mensch. Ich komme mir vor wie ein schlechtes Abziehbild meiner Selbst. War es das wert? Wie soll ich das je Beatrice klarmachen? Mir kommen die Tränen und das will wirklich was heißen.

OHNE HIMMEL

Der Himmel über Beatrice und mir bricht am

nächsten Mittwoch zusammen. Wir gehen nach der Schule zu mir, um noch an einem Englisch-Referat weiter zu arbeiten. Ich habe ein Déjà-vu als ich die Haustür aufschließe und wir ins Foyer treten. Bernd kommt aus seinem Büro geschossen und winkt mich zu sich. Als mich Beatrice begleiten will, gestikuliert er sie weg.

"Sie kann ruhig dabei sein!", sage ich.

"Na gut!", sagt Bernd mit einem bedrohlichen Unterton.

Was haben sie jetzt wieder gefunden?, frage ich mich.

Wir setzen uns Bernd gegenüber, Beatrice und ich, Hand in Hand.

"Die Kriminalpolizei war hier!", beginnt Bernd. "Den ganzen Vormittag."

Ich zucke mit der Schulter.

"Dir wird zur Last gelegt gemäß Paragraph 184 des Strafgesetzbuches", Bernd blickt auf die Notizen, die er sich offenbar heute Vormittag gemacht hat", dir wird zur Last gelegt, pornografische Inhalte verbreitet zu haben, insbesondere unter Beteiligung von Minderjährigen." Bernd starrt mich an. "Manu vielleicht?"

Ich schlucke. Mir wird gerade bewusst, dass das eine ganz, ganz schlechte Idee war, Beatrice mit in Bernds Büro mitzunehmen. Aber zu spät.

Meine Hand, die noch immer in der Hand von

Beatrice liegt, fängt an zu schwitzen.

Beatrice blickt mich von der Seite an. Dann beginnt sie zu schluchzen, macht sich los und stürmt aus dem Haus.

"Beatrice!", schreie ich ihr hinterher, aber ich weiß, dass das nichts nutzt.

"Es tut mir leid!", sagt Bernd. "Aber, Niko, du sitzt richtig in der Scheiße!"

Ich bleibe sitzen, obwohl ich eigentlich aufspringen will, Beatrice sagen will, was wirklich passiert ist, dass ich sie liebe, dass ich versucht habe, sie zu beschützen, dass ich nichts dafür kann. Warum hat sie auch ein Oben-ohne-Foto auf ihrem Handy?

Ich sacke im Stuhl zusammen.

"Die haben deine Kameras mitgenommen!", fährt Bernd fort. "Was, zum Teufel, hast du dir dabei gedacht, dort oben Kameras zu installieren? Das habe ich mich schon beim letzten Mal gefragt. Und wo hast du dieses Echo-dot wirklich her?"

Nichts habe ich mir gedacht, denke ich, oder besser, ich wollte die anderen beschützen. Ich sitze nur betröppelt da.

Bernd schüttelt den Kopf. "Ich habe dich immer für einen gewitzten Jungen gehalten, Niko, aber diesmal hast du dich definitiv mit den falschen Leuten eingelassen. Dafür kannst du womöglich Jahre im Knast landen. Ich weiß nicht, ob du dir so deine Zukunft vorgestellt hast."

Ich blicke unsicher in Bernds Zimmer herum. Sein Diplom als Sozialpädagoge, das er hinter seinem Schreibtisch aufgehängt hat, ein paar gerahmte Urlaubsfotos aus Italien.

"Ich kann das alles erklären!", sage ich.

"Wie lange geht das schon so?"

Ich überlege kurz. "Knapp zwei Wochen!" Und dann erzähle ich ihm die ganze Story.

Immer wieder schaue ich Bernd an. Wenigstens scheint er mir zu glauben. Ich habe Tränen in den Augen.

"Du sollst dich morgen früh im Polizeipräsidium melden", sagt Bernd. "Sei froh, dass sie dich nicht in Untersuchungshaft genommen haben."

"Warum hast du nicht gleich etwas zu mir gesagt? Dann hätten wir das Ganze vermutlich abbiegen können."

"Ich weiß es nicht!", sage ich. "Dumm gelaufen!"

"In der Tat! Ziemlich dumm gelaufen."

OFFENBARUNG

Ich sitze im Gerichtssaal, angeklagt wegen der Verbreitung pornografischer Inhalte mit Minderjährigen. Manu! Ich muss ihr zugute halten, dass sie wirklich die Schuld auf sich genommen hat, gesagt hat, es sei ihre Idee gewesen mit dem Filmchen. Aber was hilft es. Sie ist minderjährig, nicht voll schuldfähig, der Erwachsene bin ich, auch wenn es damals ja gerade umgekehrt war. Ich war die Jungfrau, Manu sicher nicht.

Es ändert nichts. Ich sitze hier, nicht Manu.

Gott sei Dank, sind keine Fotos von Beatrice im Umlauf. Das wäre mein Tod!

Der Gerichtssaal ist so typisch, wie man ihn aus dem Fernsehen kennt. Holzvertäfelte Wände, eine Empore, auf der die Richter, Beisitzer und der Protokollführer sitzen. Hinter dem Richter eine Justizia mit der Waage in der Hand, an der Wand hängend, auch sie aus Holz.

Ich und mein Pflichtverteidiger, ein Herr Landlauf, sitzen auf der Türseite, vom Publikum aus links, die Staatsanwaltschaft, Beatrices Vater, uns gegenüber. Es sind einige Zuschauer gekommen, der Gerichtssaal ist vielleicht zu einem Drittel gefüllt. Beatrice habe ich noch nicht gesehen. Meine Eltern hingegen sitzen in der zweiten Reihe. Ich habe sie nicht eingeladen, lieber wäre es mir gewesen, sie wären nicht gekommen. Schließlich hat das Ganze nichts mit ihnen zu tun, oder doch? Fühlen sie sich mitschuldig? Keine Ahnung!

Mein Verteidiger wollte den Ausschluss der Öffentlichkeit beantragen. Ich habe mich dagegen gestemmt, auch wenn meine halbe Schule und natürlich auch meine Eltern gekommen sind. Ich will das hinter mich bringen, ich will keine

Gerüchte. Außerdem hoffe ich, dass Beatrice noch kommt. Das ist die einzige Möglichkeit, wie sie mir vielleicht zuhört. Auf Whatsapp hat sie mich gelöscht, in der Schule gemieden. Es ist die Hölle.

Nachdem die ganzen Formalien vom Richter vorgelesen wurden, Feststellung der Anwesenden, Vorlesen der Anklageschrift, die Belehrung über mein Aussageverweigerungsrecht inklusive, beginnt mein Verhör.

Ich werde in den Zeugenstand gebeten. Ausgerechnet Beatrices Vater! Man sieht sich immer zweimal, denke ich, die Begegnung mit seinem Köter nicht mitgezählt. Leider sitze ich auch beim zweiten Mal auf der falschen Seite.

Beatrices Vater baut sich vor mir auf und rückt seine beschissene Hornbrille zurecht. In diesem Moment höre ich die Eingangstür. Ein kurzer Blick zur Seite: Beatrice!

Auch Beatrices Vater hat das Erscheinen seiner Tochter mitbekommen und mit einem Zähneknirschen registriert. Ich wette, er hatte ihr unter Androhung der Todesstrafe verboten, dem Prozess beizuwohnen. Beatrice setzt sich in eine der letzten Reihen.

Ich atme auf.

"Herr Mandel!", beginnt Beatrices Vater. "Wie oft waren sie intim mit Fräulein Manuela Roholt?"

Es würde unangenehm werden, hatte mein Verteidiger gesagt. Er hatte Recht. Ich halte zwei

Finger in die Höhe.

"Laut, bitte!", knurrt Beatrices Vater.

"Zwei Mal!", sage ich leise.

"Haben Sie Fräulein Roholt zu diesem Intimverkehr motiviert?" Er nimmt seine Brille ab und schaut mich provokant an.

Ich weiß, worauf er hinaus will.

"Ich hatte ihr ein Dickpic geschickt."

"Können Sie uns kurz erklären, was ein Dickpic ist."

Ich blicke zum vorsitzenden Richter. Der starrt mich nur regungslos an.

"Das ist das Foto eines Penis!"

"Sie haben dann, nachdem Fräulein Roholt offenbar auf ihr Angebot eingegangen ist, den Einfall gehabt, ihre Intimitäten zu filmen und im Netz zu verkaufen."

"Nein! Das habe ich nicht!", sage ich und langsam kriecht die Wut in mir hoch. Bei der Befragung durch die Kriminalpolizei habe ich das längst erklärt.

"Sondern?"

"Mir wurden die Kameras unaufgefordert geschickt. Ich weiß nicht, wer hinter diesen Videos steckt. Wie oft soll ich noch erklären, dass mein Echo-dot gehackt worden ist?"

"Können Sie uns dann erklären, wieso man 970,- Euro bei Ihnen im Zimmer gefunden hat. Nach Aussage des Sie betreuenden Sozialpädagogen

Bernd Drangsal haben Sie nur 55,-Euro Taschengeld im Monat."

Auch das weiß die Kriminalpolizei!

"Alexa hat mich aufgefordert, ich meine gezwungen, ein Bordell aufzusuchen, um dort einen Film zu drehen. Die 1000,-Euro wurden mir bar bezahlt."

Ich blicke zu Beatrice, die davon noch nichts weiß. Ihr muss ich wie das absolute Beziehungsarschloch vorkommen.

"Ich habe das getan, um die Leute zu schützen. Ich wollte nicht, dass meine Freundin..."

"Bei der Befragung durch die Kriminalbeamten haben Sie Frau Roholt", unterbricht mich Beatrices Vater, "als eine eher flüchtige Bekanntschaft und Zimmernachbarin bezeichnet. Hat sich das jetzt plötzlich geändert?"

"Nein!", sage ich.

Beatrice Vater blickt mich mit unverhohlenem Spott an.

"Ich wollte nicht, dass Bilder von meiner Freundin Beatrice Andrade im Darknet landen, deshalb!"

Ein Raunen geht durch den Saal.

Ich weiß, ich habe Beatrices Freundschaft nun wirklich in den Eimer getreten, aber wenigstens weiß sie jetzt die Wahrheit. Der Rest ist mir egal.

Beatrice Vater zuckt zusammen. Sein Blick fährt kurz ins Publikum. Seine Adern am Hals schwellen bedrohlich an. Sein Gesicht bekommt plötzlich Farbe.

Mir tut es um Beatrice leid, nicht um ihren Vater, dieses arrogante Arschloch. In seinen Augen habe ich nun seinen Hund zum Krüppel gemacht und seine Tochter öffentlich entehrt. Ich bin der ideale Schwiegersohn, denke ich zynisch.

Auch der vorsitzende Richter ist auf seinem Stuhl vorgerückt und schlägt mit seinem Hammer auf sein Pult.

"Die Gerichtsverhandlung wird für eine halbe Stunde unterbrochen!", verkündet er.

Ich blicke zu Beatrice, die auch aufgestanden ist. Unsere Blicke treffen sich. Dann wendet sie sich ab. Ich würde so gerne mit ihr sprechen, aber mein Verteidiger kommt auf mich zu und führt mich aus dem Saal.

Nach der Pause wird die Verhandlung fortgesetzt. Das Endergebnis: wieder Sozialstunden. Der Vorwurf: Ich hätte mich zum Einen durch die Installation der Kameras zum Handlanger der Verbrecher gemacht und zum Anderen hätte ich die Veröffentlichung der Videos mit Manu billigend in Kauf genommen, sprich: Ich hätte Manu da nicht mit hineinziehen dürfen. Da haben sie Recht, es ist auch das, was mir am meisten auf dem Gewissen lastet. Dazu kommt die Angst, dass die Cyber-Kriminellen sich jetzt erst recht an mir rächen werden. DIE hat man nämlich noch nicht dingfest gemacht. Der Idiot bin nur ich. Im Darknet sind vermutlich alle Spuren verwischt. Selbst in der Wohnung in der Bahnhofstraße, wo ich den aufgezwungenen Porno habe drehen müssen, hat die Polizei nichts gefunden. Dort ist nicht einmal jemand angemeldet. Die haben also den Drehort in einer leerstehenden Wohnung aufgebaut, kein Wunder, dass außer dem rot gekleideten Zimmer alles verlebt und runtergekommen aussah.

Das einzige Opfer dieser ganzen Scheiße bin wieder mal ich.

DIE RACHE

Es ist 6:00 Uhr. Mein Wecker hat mich zu früh geweckt. Es ist der alte meiner Eltern, den man noch mit der Hand am Rädchen einstellen muss.

Fuck, denke ich, kriege aber kein Auge mehr zu. Egal, wenigstens ist Alexa nicht mehr hier. Auf sie kann ich gerne verzichten. Ich mühe mich aus dem Bett, mache mir einen Kaffee. Dann bin ich halt mal früh an der Schule. Nach dem Prozess werde ich sowieso Spalier laufen. Vielleicht ist es da besser, ich komme früh und verkrümele mich in unseren Oberstufenraum. Der Tag wird nicht einfach sein.

Ich komme an die Schule, die i-Pods im Ohr, es ist halb Acht, nur wenige sind schon da.

Das Albert-Schweitzer-Gymnasium ist ein unspektakulärer Plattenbau aus den 60er Jahren. Das Hauptgebäude hat einen vorgelagerten Pavillon mit Flachdach, der auf Stahlstützen steht, die bunt angemalt sind, die einzigen Farbtupfer an dem sonst grau-braunen Gebäude.

Ich gehe durch den Haupteingang, als ein paar Schüler völlig aufgeregt an mir vorbeigestürmt kommen und die Treppen hochlaufen. Zuerst begreife ich nicht. Als ich dann sehe, wie der Hausmeister und andere Lehrkräfte herumeilen, um Fotos von der Decke und den Wänden zu reißen, werde ich aschfahl. Das Oben-ohne-Foto von Beatrice, dann ein Ausschnitt aus meinem Zimmer, wo sie sich entgegen unserer Vereinbarung die Bluse ausgezogen hat…

Entgeistert lasse ich meine Tasche fallen.

"Steh nicht dumm rum!", schreit Frau Ganze, die hatte ich in Mathematik in der 8ten und 9ten, "schau in den anderen Stockwerken! Hilf den Kollegen dort. Wir sind hier schon genug!"

'Schau in den anderen Stockwerken'. Schon der Hinweis bringt mein Blut in Wallung und lässt meinen Herzschlag auf mindestens 180 hochschnellen. Haben die das ganze Gebäude mit Fotos von mir und Beatrice gepflastert?

Ich renne die Treppen hinauf, reiße von den Wänden, was ich zu fassen bekomme, an manche Bilder komme ich ohne Leiter nicht dran. Sie hängen an der Decke. Ich versuche, sie mit herumliegenden Taschen herunterzuwerfen. Logischerweise ruft das diejenigen auf den Plan, deren Tasche ich als Wurfgeschosse missbrauche.

Ich stürze in ein Klassenzimmer, schnappe mir von dort das große Lehrerlineal, das im Mathematikunterricht benutzt wird, und setze meine Raserei fort.

Plötzlich stoße ich mit jemandem zusammen.

"Du hast meine Freundin auf dem Gewissen, du Schwein!", schreit Linda und haut mir mitten ins Gesicht.

"Dafür kann ich nichts, verdammt noch mal!", schreie ich sie an und schubse sie auf den Boden.

"Du Arschloch kannst dafür sehr wohl was!", brüllt sie mich an. "Das wirst du büßen!"

Es hat keinen Zweck!

Ich haste weiter, reiße hier und da den Leuten die Fotos aus der Hand, aber umsonst. Manche haben es schon abfotografiert und schicken es jetzt auf anderen Kanälen herum oder, wenn sie nicht ganz so blöd sind, zeigen sie nur die Fotos auf ihrem Handy. Es scheint für viele DIE Gelegenheit zu sein, endlich Beatrice einmal nackt zu sehen. Idioten.

Als ich erschöpft irgendwann wieder im Erdgeschoss stehe, sehe ich Herrn Krauter mit der Polizei reden. Der Schulleiter bemerkt mich und winkt mich herbei.

"Ich war das nicht!", sage ich immer noch außer Atem und überreiche ihm den riesigen Packen Zettel, den ich überall heruntergerissen habe.

Auch der Polizist hält eine Sammlung Fotos in den Händen.

"Das glaube ich dir aufs Wort, Junge!", sagt er und wedelt mit dem Packen Papier. "Wer will das schon von sich veröffentlicht haben?" Er schüttelt unmerklich den Kopf.

Vielleicht hat er in der Zeitung meinen Fall mit verfolgt. Jedenfalls scheint er informiert.

"Trotzdem müssen wir dem nachgehen", fährt er fort. "Bisher gab es meines Wissens keine Fotos von Fräulein Andrade. Das hier", er wedelt wieder mit den Fotos, "hat noch eine andere Dimension."

Krauter blickt mich an. "Ich habe schon mit deinem Betreuer telefoniert und angekündigt, dass du heute früher nach Hause gehst. Ich denke, das ist für alle Beteiligten das Beste."

"Und Beatrice?", frage ich.

"Niko!", ermahnt mich Krauter. "Ich glaube, du hast genug mit deinen eigenen Problemen zu tun. Überlass den Rest bitte der Schule! Ich glaube nicht, dass Fräulein Andrade gerade deine Hilfe benötigt!" Er macht eine Geste Richtung Ausgang. "Ich werde nochmal mit deinem Betreuer telefonieren. Im Moment habe ich hier alle Hände voll zu tun. Und ich vermute mal, dass nicht nur der Herr Staatsanwalt hier anrufen wird, sondern auch eine ganze Menge anderer aufgebrachter Eltern."

Ich nicke ihm und dem Polizisten kurz zu. Dann lese ich meine Tasche von Boden auf, die immer noch hier im Eingangsbereich liegt, und schleppe mich nach draußen.

Draußen angekommen zucke ich zusammen. Beatrice steht heulend unter dem Flachdach, um sie herum ein Pulk anderer Mädels.

"Verpiss dich!", schreien sie mir entgegen, versuchen Beatrice abzuschirmen und zeigen mir den Stinkefinger.

Ich zeige meinerseits den Stinkefinger und gehe weiter. Wie leicht es ist, wenn man einen Sündenbock hat. Ich wette, von denen wäre nicht eine einzige zur Polizei gelaufen, wenn sie in meiner Situation gewesen wäre.

Als ich auf die Straße trete, läuft mir Kevin in die Arme.

"Falsche Richtung!", scherzt er, bis er meinen Gesichtsausdruck sieht.

"Was ist los?", fragt er.

Ich erzähle ihm kurz die Siutation.

"Verdammte Scheiße!", flucht Kevin. "Du kannst dafür doch gar nichts. Sollen die doch endlich mal herausfinden, wer diese ganze Scheiße im Darknet vertickt. Nicht einmal das haben sie bisher hingekriegt."

"Davon hab' ich auch nichts mehr!", sage ich

und starre auf den Boden. "Mach's gut!"

"He!", sagt Kevin, "ich melde mich später!"

Im Betreuten Wohnen angekommen habe ich einen deprimierten Bernd vor mir. Seine drei Zöglinge sind ständig in der Presse, entweder weil sie Drogen verkaufen oder weil sie illegale Pornos drehen. Viele werden sich fragen, für was Bernd überhaupt da ist, wenn er all das nicht verhindern kann.

Ich sitze wieder einmal in seinem Büro und starre auf die Urlaubsfotos aus Italien hinter seinem Schreibtisch. Ich vermute mal, dass der Urlaub für mich für längere Zeit vorbei sein wird. Aber was soll ich auch in Italien ohne Beatrice?

"Es wäre vielleicht besser, du wechselst die Schule, Niko!", beginnt Bernd.

"Ich will nicht!", sage ich. "Das macht es auch nicht besser."

"Ich habe schon mit deinen Eltern gesprochen!", sagt er und lehnt sich zu mir über den Tisch. "Ist es nicht vielleicht besser, wenn du all die Probleme nicht ständig vor Augen hast?"

"Beatrice ist kein Problem!", sage ich, "wenn du das meinst. Das Problem war Alexa oder die, die die Videos machen."

"Wenn du das Abitur schaffen willst…"

"Ich bin 18", unterbreche ich Bernd. "Und ich will das Abitur am Albert-Schweitzer-Gymnasium machen, nirgends sonst."

Bernd seufzt.

ANGRIFF

Ich habe nicht die Schule gewechselt, aber vielleicht Beatrice. Jedenfalls kriege ich sie nicht mehr zu Gesicht. Jemanden nach ihr fragen, vielleicht eine ihrer Freundinnen? Zwecklos. Da bekomme ich allenfalls noch eine ins Gesicht geschlagen, aber keine Antworten. Ich bin der Paria der Schule. Auch die Reaktionen mancher Jungs sind erbärmlich. Einige meinen, sie müssten mir auf die Schulter klopfen, weil ich ja Beatrice 'flachgelegt' habe, wie sie meinen. Andere äußern unverhohlen ihre Verachtung, wenn sie mich vorbeilaufen sehen. "Was macht der hier eigentlich noch", ist dabei eine der nettesten Bemerkungen.

Ich ignoriere sie und ich hasse sie. Alle!

Nur Kevin und ein paar andere Kumpels fallen nicht in diesen Chor ein. Vielleicht hatte Bernd Recht. Ich könnte das Abitur vielleicht leichter an einer anderen Schule machen. Und ehrlich gesagt, meine Lust dazu steigt, insbesondere, weil ich Beatrice nicht mehr sehe.

Auf dem Nachhauseweg begleitet mich Kevin. Wir laufen gerade die Waldorfer Straße entlang.

Die Waldorfer Straße ist eine Allee, auch wenn die Bäume, die am Straßenrand stehen, ziemlich mickrig aussehen. Die Gebäude links und rechts sind alle aus dem frühen 20ten Jahrhundert, meist 5-stöckig, mit nach innen verlagerten Hauseingängen, die direkt ins Hochpaterre führen.

Kevin und mir ist gerade der Redestoff ausgegangen. Meine Bedrückung schlägt auch Kevin aufs Gemüt. Ich lasse meinen Blick wandern. Auf der gegenüber liegenden Seite läuft gerade ein blondes Mädchen, Beatrice? Nein, leider nicht. Aber während mein Blick dem blonden Mädchen auf der anderen Seite folgt, sehe ich plötzlich in den Augenwinkeln einen schwarzen Golf, aus dessen Fenster jemand lehnt. Bewaffnet!

"Runter!", schreie ich und ziehe Kevin auf den Boden, hinter einen geparkten Fiat.

Ein Schuss ertönt, dann noch einer!

"Scheiße!", schreie ich.

"Wer ist das?" Kevin ist leichenblass.

"Keine Ahnung!", schreie ich.

In diesem Moment höre ich eine Tür und bemerke eine alte Frau, die die Haustüre eines vor uns liegenden Hauses öffnet. Hat sie den Schuss nicht gehört oder hat sie schon lange genug gelebt? Sie hält eine Einkaufstasche in der Hand und blickt sich um. Irgendetwas hat sie wohl doch gehört!

"Schnell!", rufe ich zu Kevin. Auch er hat die Frau gesehen beziehungsweise die Tür, die hinter ihr noch offen ist.

Geduckt stürzen wir auf die Frau zu, während

noch zwei Schüsse fallen. Ein Baum und die Mauer des Hauseingangs retten uns das Leben.

In unserer Angst reißen wir die alte Frau mit um und stürzen in den Hauseingang.

"Hilfe!", schreit die Alte.

Kevin und ich ziehen sie hinter die Tür und schlagen die Tür zu.

"Schnell! Die Polizei1", schreie ich und zücke mein Handy.

"Hilfe! Raubüberfall!", schreit die Alte.

"Nein, nein, nein!" Kevin hilft der Frau wieder auf. "Da draußen wurde geschossen! Wir sind Schüler!"

Von oben kommen Nachbarn die Treppe hinunter.

"Ich rufe schon die Polizei!", sage ich zu einem älteren Mann in Jogginghose und einer jungen Frau, die uns erschrocken anblickt. "Auf uns wurde geschossen!"

Dann schießt es mir blitzartig in den Kopf: Wir brauchen das Kennzeichen des Autos. Schwarzer Golf ist zu wenig Information. Ich stürze nach draußen.

"Bist du lebensmüde?", schreit mir Kevin hinterher.

Ich komme zu spät. Der schwarze Golf ist schon mindestens 100 Meter weiter. Ich glaube, ein 'F' für 'Frankfurt' erkennen zu können. Die meisten Städte haben ja Kennzeichen mit zwei Buchstaben.

Wenigstens etwas.

Schließlich trifft auch die Polizei ein. Der Ort wird mit rot-weißem Absterrband abgeriegelt. Wir werden befragt, die alte Frau von einem Sanitäter versorgt.

Kevin ist immer noch außer sich. Er weiß, dass dieser Anschlag nur mir gegolten hat. Mein Freund zu sein, ist momentan offenbar lebensgefährlich.

"Wer will dir denn ans Leder?", fragt er mich.

Ich zucke mit den Schultern. "Die Cyber-Kriminellen?"

"Die hatten doch schon ihre Rache!", meint Kevin. "Was wollen sie denn noch. Wenn sie dich leiden sehen wollen, dann macht es doch gar keinen Sinn, dich umzubringen!"

Diese Überlegung hatte ich noch nicht angestellt. Aber es stimmt. Die Aktion an der Schule geht sicherlich auf ihr Konto. Niemand anderes hatte ja die Fotos. Aber dann macht es keinen Sinn, mich umzubringen.

"Vielleicht die Drogendealer!", sage ich.

Kevin schüttelt den Kopf. "Das hast doch nicht du, sondern Alex verbockt. Mich würde es jedenfalls nicht wundern, wenn sie ihn umbringen würden. Aber auch das macht keinen Sinn. Schließlich vertickt er ja weiterhin eifrig Drogen, damit er sich wieder freikaufen kann."

"Vielleicht war das Ganze nur ein Fehler?

Vielleicht haben sie mich verwechselt?"

"Ich glaube ja viel!", sagt Kevin, "aber so viel Zufall kann ich mir beim besten Willen nicht vorstellen!"

"Wir werden es nicht herausfinden!", sage ich, "jedenfalls nicht vor der Polizei." Ich beginne zu flüstern. "Und die tappen immer noch im Dunkeln!"

Eine Polizeistreife bringt uns nach Hause. Zuerst Kevin, weil er näher dran wohnt, dann mich.

Ich sehe den Krankenwagen schon von Weitem. Scheiße! Was ist jetzt wieder los? Betreutes Wohnen? Von wegen! Betreuter Albtraum, denke ich.

Vor dem Krankenwagen eine zweite Polizeistreife. Ich ahne nichts Gutes.

Als ich in das Foyer stürme, kommt mir Manu in eine Decke eingehüllt entgegen. Sie wird links und rechts von einem Sanitäter geführt. Sie hat ein blaues Auge, eine Verletzung an der Schläfe, die leicht blutet und ihre linke Hand blutet an den Fingerknöcheln.

"Wir verbinden das gleich!", sagt der eine Sanitäter.

"Was ist passiert?", frage ich.

Manu schüttelt nur den Kopf, dann lässt sie sich nach draußen führen.

Bernd kommt in Begleitung eines Polizisten gerade aus seinem Büro.

"Sie war da eigentlich nicht involviert!", sagt er gerade.

"Der Hinweis kam aber von ihr!"

"Davon wusste ich nichts!", meint Bernd

Ich blicke Bernd entgeistert an. "Kann mir mal einer sagen, was los ist?"

"Ihre Zimmernachbarin wurde überfallen!", sagt der Polizist. Dann wendet er sich an Bernd. "Wenn wir fertig sind, sagen wir Ihnen Bescheid. Die Kollegen von der Spurensuche sind noch oben."

Bernd nickt, ich stehe wie ein Auto dabei, sprachlos.

Bernd winkt mich in sein Büro.

Er erzählt mir, dass Manu überfallen und vergewaltigt wurde, offenbar eine Racheaktion. Sie habe zuerst ihn angerufen, er natürlich sofort die Polizei informiert. Aber das Schlimmste: Die haben alles gefilmt, was nichts anderes heißen kann, als dass sie das übers Darknet verkaufen wollen. Bernd und ich sind uns einig: Das sind dieselben, die meine Alexa gehackt haben. Und offenbar schrecken sie auch vor Vergewaltigung nicht zurück.

Was ich erst jetzt erfahre! Manu muss die Kameras bemerkt haben und irgendwie muss sie dahinter gekommen sein, dass da etwas nicht stimmt. War auch sie bedroht worden? Jedenfalls war die Kriminalpolizei erst wegen eines Hinweises von Manu auf die Idee gekommen, mein Zimmer zu untersuchen. Ich fasse es nicht!

Dann bin ich an der Reihe. Ich erzähle Bernd von meinem Erlebnis mit Kevin und dem schwarzen Golf.

"Vielleicht sollte ich doch die Schule wechseln", stelle ich abschließend fest.

"Am besten, du wechselst nicht nur die Schule, sondern das Bundesland!", sagt Bernd trocken.

"Dann kann ich auch gleich Deutschland verlassen!"

FRAGEN

Bernd hat mich nach allem, was vorgefallen ist, gedrängt, Polizeischutz zu beantragen. Leider hat das Bundeskriminalamt das abgelehnt. An eine dauerhafte Gefährdung glauben sie nicht. Krauter, der Schuldirektor, hat mich für eine Woche beurlaubt. Ich hänge also die ganze Zeit in meinem Zimmer ab. Nur zum Handballtraining holt mich Kevin ab. Er sei mein Bodyguard, sagt er scherzhaft, aber wir beide beobachten die ganze Zeit die Straße, wenn wir zusammen unterwegs sind. Auch an ihm ist der Überfall nicht spurlos vorübergegangen.

Mit Beatrice habe ich keinen Kontakt. Einmal habe ich versucht, sie anzurufen, aber sie hat das Gespräch weggedrückt. Auf Whatsapp hat sie mich weiterhin blockiert.

Endlich ist das Wochenende vorbei. 24/7 im eigenen Zimmer herumzuhängen, kommt mir wie Quarantäne während der Corona-Pandemie vor.

Aber gerade heute habe ich verschlafen. Kein Wunder, ich bin das Frühaufstehen nicht mehr gewohnt. Man schlafft ab, wenn man gar nichts mehr zu tun hat.

Egal, denke ich. Hetzen werde ich mich jedenfalls nicht. Um kurz nach 9:00 Uhr bin ich an der Schule. Ich suche meinen Geschichtskurs, aber das Zimmer ist leer. Da am Aushang nichts steht, gehe ich ins Sekretariat.

"Die Schulgemeinschaft ist gerade in der Aula!", sagt die Sekretärin und blickt mich irgendwie komisch an.

"Hab ich was verpasst?"

"Ein Schüler ist gestorben!", sagt die Sekretärin.

"Oh", sage ich und nicke ihr kurz zu. "Danke!" Dann gehe ich zur Aula.

Das hätte auch Kevin oder mich treffen können, denke ich. Ich vermute aber, dass eher jemand mit dem Fahrrad oder bei einem Unfall ums Leben gekommen ist.

Vorsichtig öffne ich die große Flügeltür und husche in die Aula. Krauter steht vorne am Pult. Mein Blick fährt über die Reihen. Die Oberstufe sitzt weiter vorne, wie ich bemerke. Aber kein blonder Haarschopf ist dabei, der wie Beatrice aussieht. Ich suche Kevin. Vielleicht ist ja neben

ihm noch ein Platz frei. Und tatsächlich. Kevin sitzt
etwas weiter hinten, am rechten Rand.

Als ich komme, rückt er einen Platz nach innen.
Ich zwinkere ihm kurz zu. Er reagiert nicht.

Ich hocke mich neben ihn und stupse ihn mit
dem Ellenbogen an die Schulter.

"Alles klar?", flüstere ich.

Kevin nickt Richtung Krauter.

"Wir haben uns heute hier versammelt", Krauter
räuspert sich, "um von einer unserer
Mitschülerinnen Abschied zu nehmen."

Ich blicke Kevin von der Seite an. Dann begreife
ich. Völlig geschockt starre ich nach vorne.

"Es ist immer ein Schock, wenn das Schicksal
einen unserer Lieben aus dem Leben reißt,
insbesondere, wenn der Abschied so plötzlich, so
unangekündigt erfolgt und noch mehr, wenn ein
junger Mensch sich selbst dazu entscheidet!"

Selbstmord?! hallt es wie Donner durch meinen
Kopf.

"Beatrice Andrade war erst seit Kurzem hier,
aber viele unter euch haben sie auch in der kurzen
Zeit lieb gewonnen und wertgeschätzt."

Ich höre nicht mehr hin. Mein Herz sackt zu
Boden, zerspringt. Ich bin tot. Mein Blick starr zu
Krauter, dann zu meinen Füßen. Ich höre nichts
mehr. Ich stehe auf und gehe wie in Trance zurück
zur Tür. Dass Kevin mir gefolgt ist, bekomme ich
erst mit, als ich draußen stehe, vor der Schule, in

den Himmel schaue, den Himmel verfluche und meine Fäuste gegen die Betonmauer trommele.

"NEEEEEEEEEIN", schreie ich in die Leere, die mich aufzufressen beginnt.

Kevin versucht mich zurückzuhalten. Es gelingt ihm nur mit Mühe.

Als meine Handknöchel völlig aufgerissen sind, lasse ich von der Wand ab, sacke zusammen und fange an zu schluchzen.

Beatrice ist nicht mehr. Sie hat sich umgebracht. Das ist für mich schlimmer als ein Autounfall. An diesem Selbstmord bin ich schuld und es gibt nichts, was mir je diese Schuld wieder nehmen kann. Tot ist tot! Wie soll ich das ändern? Wie soll ich das wiedergutmachen?

"Warum? Warum? Warum sie?", schreie ich.

"Es tut mir so leid!", sagt Kevin und auch ihm kommen die Tränen.

FRIEDHOF

Das Begräbnis findet auf einem kleineren Friedhof in Oberursel statt. Ich gehe hin, auch wenn mich ihr Vater lynchen wird. Damit das nicht passiert und weil ich auch mit diesem Arsch plötzlich Mitleid habe, stehe ich weit abseits.

Die ganze Oberstufe ist da, die Lehrkräfte, Krauter und ein Pulk von Leuten, die wohl zur engeren Familie gehören. Ich bekomme nicht viel mit von dem, was der Pfarrer sagt. Es interessiert mich auch nicht.

Ich kann nicht Abschied nehmen von Beatrice, auch wenn ich es will, auch wenn ich es muss.

Ich sehe, wie der Sarg hinuntergelassen wird, wie jeder außer mir eine Schaufel Sand auf den Sarg wirft und den Familienangehörigen die Hände schüttelt.

Als sich schließlich die Menge auflöst, verstecke ich mich hinter einem Baum in einer Ecke des Friedhofs. Ich schleiche zurück. Niemand ist mehr da, auch Beatrices Schwester, die Eltern, die Verwandten sind gegangen.

Als ich vor dem Grab stehe, geht mein Herz schneller. Tränen laufen über mein Gesicht, meine Hände zittern. Das Loch ist noch nicht ganz zugeschüttet, der Grabstein steht aber schon am Ende der Öffnung. Eigentlich würde ich mich gerne dazulegen, wenn mir das nicht wie eine Grabschändung vorkäme.

"Zu früh hast du die Flügel ausgebreitet, um Gottes Angesicht zu sehen!", hat man in goldenen Buchstaben auf den gräulichen Stein geritzt, der nach oben hin zu einem Schwan ausläuft, der die Flügel ausgebreitet hat und den Hals in die Höhe reckt.

Ich blicke auch nach oben und in diesem Moment beschließe ich, es Beatrice gleichzutun. Die U-Bahn ist ja nicht weit, die musst du eh

nehmen und in diesem Moment hat das eine
andere Bedeutung. Ja, ich muss die U-Bahn
nehmen, dann geht es wenigstens schnell.

Ich stehe am Gleis, vor dem weißen Strich und
starre gebannt auf das Gleis. Immer wieder wäge
ich ab, ob es Sinn macht. Es macht Sinn, denke ich,
dann wieder macht es keinen Sinn, Beatrice hätte
es nicht gewollt. Vielleicht hilft mir die U-Bahn bei
der Entscheidung.

Die U3 Richtung Hauptwache muss gleich
kommen. Und tatsächlich sehe ich den runden
Scheinwerfer im U-Bahn-Tunnel. Am besten jetzt
nicht nachdenken.

Dann habe ich ein Déjà-vu. Rechts von mir
nehme ich in den Augenwinkeln war, wie eine
junge Frau plötzlich von einem Kapuzenmann
geschubst wird und an den Rand des Bahnsteigs
stolpert. Der Mann mit Kapuze rennt davon, die
Frau kann sich nicht halten, sie droht aufs Gleis zu
stürzen.

Mit einem Satz bin ich bei ihr, reiße sie zurück.
Sie fällt nicht aufs Gleis. Die U3 rattert an uns
vorbei. Die junge Frau hat den Tod im Gesicht,
denke ich. Sie starrt mich kurz an, dann die
Verbände an meinen Händen. Denkt sie, ich habe
die Krätze? Plötzlich bricht sie zusammen und
fängt an, sich zu übergeben. Ich bleibe bei ihr, bis
sie sich beruhigt, Passanten reden auf sie ein,
streicheln ihr über den Rücken. Als die Polizei

kommt, nehmen sie kurz meine Daten auf, schließlich bin ich Zeuge. Dann gehe ich.

Ich habe plötzlich keine Lust mehr, mich umzubringen. Ich nehme die nächste U3, steige an der Hauptwache aus und suche eine Apotheke. Ich kaufe mir Schlaf-Tabs von Ratiopharm, damit ich wenigstens schlafen kann, was mir seit Beatrices Tod nicht mehr leicht fällt. Auch ein Grund, warum ein etwas verlängerter, wenn auch gewaltsamer Schlaf sich so gut anfühlt.

Dann gehe ich nach Hause, laufe am Römer vorbei, überquere den Main und als ich endlich in meinem Zimmer bin, lasse ich mich aufs Sofa fallen. Ich starre an die Decke, wie schon so oft. Mittlerweile habe ich das Gefühl, dass ich die verschiedenen Stellen in der Tapete unterscheiden kann, obwohl sie eigentlich alle gleich aussehen.

Gegen Abend versuche ich zu schlafen. Es geht wieder nicht. Eine Schlaf-Tab! Ich fühle mich müde, aber es reicht nicht. Ich kriege Wut, reiße die ganze Packung auf und schlucke den Rest.

Was danach passiert, weiß ich nicht mehr. Ich erinnere mich nur noch, dass ich wieder zur Decke geschaut habe, wie der Schwan in den Himmel.

KRANKENHAUS

"He!", sagt Manu, als ich die Augen aufschlage. Sie sitzt neben mir am Bett. "Wieder unter den Lebenden?"

Ihr scheint es gutzugehen, jedenfalls den Scherzen nach zu urteilen. Ihr blaues Auge ist jetzt violett. Dazu hat sie das linke in der gleichen Farbe geschminkt. Es fällt kaum auf.

Ich bin im Krankenhaus, das übliche Zimmer, fahler Geruch, pastellgelbe Wände, etwas verdreckt, ein billig aussehender Tisch mit zwei Stühlen für Besucher. Ich blicke Manu an, sie lächelt.

Ich drehe den Kopf weg. Rechts von mir auf einer Kommode steht ein riesiger Korb mit Süßigkeiten, daneben ein riesiger Blumenstrauß, ein Brief.

"Von der Frau, die du gerettet hast!", sagt Manu. "Nett, nicht wahr!"

"Du hast den Brief schon gelesen?", frage ich.

"Klar! Ich wusste ja nicht, ob du überhaupt noch aufwachst."

Ich muss kichern. Typisch Manu.

"Und welcher Arsch hat mich gerettet?", frage ich.

Manu grinst. "Deine Zimmernachbarin!"

"Du bist so blöd!", knurre ich, aber ich meine es nicht ernst.

"Ich weiß!, aber bevor ich noch so einen Zimmernachbarn wie Alex bekomme, rette ich lieber dich."

Wir lachen.

"Das mit Beatrice tut mir leid für dich!", sagt Manu.

Die Stimmung ist augenblicklich im Keller. Ich blicke auf meine Bettdecke. Wenn ich an Beatrice denke, fehlt mir immer noch die Sprache.

Ich bleibe noch zwei Tage im Krankenhaus. Auch meine Eltern belagern mein Bett. Von den Ärzten erfahre ich, dass man mir den Magen ausgepumpt hat. Sonst hätte ich es nicht mehr geschafft.

Manu besucht mich täglich. Schließlich werde ich entlassen.

Zurück in mein Zimmer. Auch hier Blumen, eine Karte von meinen Eltern, Süßigkeiten. Was soll ich damit? Keine Schokolade schmeckt wie das Leben. Aber Beatrice hat so geschmeckt. Wie soll ich das in Schokolade ertränken?

Nächste Woche soll ich wieder in die Schule, aber vermutlich kann ich die 11te Klasse knicken. Ich werde wiederholen müssen. Habe ich dazu überhaupt noch Lust?

Am nächsten Morgen liege ich noch in meinem Bett, als es klingelt. Ich blicke zum Wecker. 11:00 Uhr. Na gut! Außer mir wird vermutlich niemand da sein. Ich schlurfe im Schlafanzug die Treppe hinunter. Ein Postbote! Ein Paket! Ich zögere.

"Ich habe nichts bestellt!", sage ich und der Satz

kommt mir irgendwie bekannt vor. Der Postbote zuckt mit den Schultern. Ich unterschreibe, reiße die Amazon-Verpackung auf. Ein Echo-dot.

Der Postbote ist noch nicht in sein Auto gesprungen, als ich das Echo-dot mit voller Wucht auf den Bürgersteig befördere. Die Teile spritzen in alle Richtungen.

Alexa, du kannst mich mal!

Der Postbote schaut mich kurz entgeistert an.

"Stabil!", sagt er, dann läuft er um den Kühler seines Postautos, steigt ein und fährt davon.

Ich schlurfe zurück in mein Zimmer. Bernd wird den Dreck schon wegkehren. Ich denke, mittlerweile erkennt er ein Echo-dot auch dann, wenn es sich in einzelne Atome aufgelöst hat.

Am Nachmittag bekomme ich Besuch von meinen Eltern. Sie wollen, dass ich ein Jahr ins Ausland gehe, Amerika.

Alles vergessen! Vielleicht auch, weil sie um mein Leben fürchten, wegen Suizidgefahr, aber auch wegen der Kriminellen, die mich verfolgen. Neu anfangen!, sagen sie immer wieder. Alles hinter sich lassen! Im Moment habe ich eher das Gefühl, dass ich nur alles vor mir herschieben werde.

Als sie weg sind, ruft mein Englischlehrer an. Dasselbe Thema. Haben die sich abgesprochen? Kam der Vorschlag womöglich von ihm?

Ich denke nach. Amerika?, warum nicht?

Vielleicht findet mich ja der weiße Hai! Jedenfalls machen die viel Sport. Rugby, denke ich. Vielleicht kann ich dort meine Wut auf alles herauslassen, ohne jemanden umzubringen.

Ich muss mich entscheiden. Ich entscheide mich fürs Leben, zumindest vorerst. Amerika also, San Franzisco!

SAN FRANZISCO

Der Flieger kommt im Morgengrauen an. Die Golden Gate Bridge strahlt rot unter mir, allerdings nur die Spitzen. Der Rest liegt unter Nebel wie die ganze Bucht. Nur dahinter, San Franzisco, ist klar zu sehen. Ich freue mich. Beatrice tut noch weh, aber hier rückt sie irgendwie weiter weg. Zu viel ist neu und spannend. Ich kann es nicht leugnen.

Der Flieger dreht bei und steuert auf den Flughafen zu. Ich bin in Amerika!

Meine Schule liegt im Stadtteil Westborough unweit vom Westborough-Parc, an dem ich immer entlangspaziere, um zu meiner Gastfamilie zu gelangen. Und, wär hätte es gedacht, sie heißt tatsächlich Westborough-College.

Nicht weit von meiner Schule ist ein weiteres College für die Upperclass, wie man mir erzählt, Schulgebühren jenseits des Bezahlbaren. Skyline College, und Skyline trifft zu, jedenfalls für die

Preise. Hier laufen nur versnobte, kleine Tyrannen herum, wie ich sie nicht ausstehen kann. Täglich komme ich hier vorbei und sehe die großen Limousinen, mit denen die kleinen 'Prinzen' und 'Prinzessinnen' zum Unterricht gekarrt werden. Manche haben Bodyguards dabei, vermutlich Milliadärsbrut.

Es passiert an einem Montag! Ich gehe alleine nach Hause. Meine neuer Kumpel Justin, der mich sonst begleitet, ist heute krank. Ich werde ihn vielleicht besuchen. Hausaufgaben habe ich keine, Gott sei Dank. Dafür gehe ich ins Fitness. Und hier wissen sie wirklich, wie das geht! Neben den muskelübersäten Amerikanern komme ich mir wie unterernährt vor.

Ich träume vor mich hin, kicke Steine in den angrenzenden Park. Plötzlich sehe ich links von mir ein Mädchen über die Straße zu einer wartenden Limousine laufen. Dort steht ein Bodyguard und hält ihr die hintere Tür auf. Ich zucke zusammen. Beatrice?

Das Mädchen hat auch mich erblickt, starrt kurz zurück und runzelt dann die Stirn.

Ich bin so überrascht, dass ich keinen Ton herausbekomme. Der Bodyguard dreht seinen Kopf zu mir. Bevor ich noch reagieren kann, steigt Beatrice in die schwarze Limousine und ist auf und davon.

Ich reiße mein Handy aus der Tasche und

schieße ein Foto. Leider verwackelt das Bild so, dass ich das Nummernschild des Autos nicht auf dem Bild habe. Verdammt!

Ich schaue auf die Uhr. Es ist 13:15 Uhr. Die haben etwas später Schluss als wir, fällt mir ein. Deshalb kriege ich ja immer das Abholgedöns mit den Limousinen mit.

Meine alte Welt bricht mit einem Mal über mir zusammen. Das war Beatrice! Ich bin mir sicher! Aber wer liegt dann in Frankfurt unter der Erde?

Die Tage darauf gibt es nur noch einen Gedanken. Ich muss mit Beatrice reden. Oder ist sie es doch nicht? Der Gedanke, dass sie es ist, kommt mir immer absurder vor. Ich muss es jedenfalls herausfinden.

Am 3. Tag habe ich Glück. Dieselbe Situation, aber diesmal ist kein Verkehr. Beatrice geht langsam über die Straße. Sie ist es tatsächlich. Es kann nicht anders sein. Sie trägt College-Kleidung in Dunkelblau, mit goldenem Rand, ein langärmliges Hemd, kurzer Rock, aber bis kurz übers Knie. Ihre Haare, ihr Gesicht, so wie ich es kenne. Wenn sie nicht gerade eine Zwillingsschwester hat, muss sie es sein.

Ich steuere schon auf die Limousine zu. Wir blicken uns an. Der Bodyguard mit Sonnenbrille lächelt ihr entgegen. Als er registriert, dass Beatrice zu mir schaut, fährt er herum. Beatrice und ich blicken uns immer noch an. Aber ein winziges Kopfschütteln signalisiert mir, dass ich sie nicht ansprechen soll. Ich gehe darauf ein, kicke einen Stein ins Gras und tue so, als hätte ich nur beiläufig zu Beatrice geblickt, als wäre ich auf meinem normalen Nachhauseweg, was ich ja tatsächlich auch bin.

Warum soll ich sie nicht ansprechen?

Den Grund erfahre ich eine Woche später, selbe Uhrzeit, selber Ort. Wieder komme ich auf die Limousine zu.

"Larry!", ruft Beatrice und der Bodyguard dreht sich zu ihr. Beatrice kommt langsam über die Straße. Sie wickelt einen Kaugummistreifen aus dem Silberpapier und steckt sich den Kaugummi in den Mund.

Als der Bodyguard ihr die Tür aufhält, strahlt Beatrice ihm ins Gesicht und wirft das Silberpapier ihres Kaugummis scheinbar achtlos auf die Straße. Aber mir entgeht nicht, dass sie beim Werfen ihren Zeigefinger leicht streckt. Ich verstehe.

Ich gehe weiter, warte bis die Limo weg ist und sprinte zurück. Heute ist Wind und ich muss das verdammte Silberpapier erstmal wieder finden. Aber ich entdecke es, auf der gegenüber liegenden Seite am Straßenrand.

Ich falte es auseinander und finde eine Adresse: Johnstone Drive 25, San Francisco, CA 94131. 20:00 Uhr!

Sie hatte diesen Zettel also vorbereitet! Aber

warum?

Jedenfalls bin ich mehr als erleichtert. Beatrice lebt! Siegfried und Angelo springen im Kreis! Und sie will sich mit mir treffen! Das Leben macht plötzlich wieder Sinn.

Heute Abend 20:00 Uhr!